平凡一點多好

◉劉墉 著

在平凡的事物當中
常能發現
最深的哲理

【前言】

咀嚼一生的情懷

《平凡一點多好》終於出版了，也可以說七本《螢窗小語》到此，都經過了重新的編校。

回顧過去三十年，眞是感慨良多。記得當初我寫成《螢窗小語第一集》時，曾經拿給一家出版社的主編看。他翻了翻，把稿子斜斜地還給我，笑道「這麼一本小書，你自己出吧！」接著，我又給當時服務的中視公司出版部，他們也說了同樣的話——「這麼一本小書，自己出吧！」

於是我找了在大學編刊物時認識的印刷廠印了幾千本，而且心想一定不可能再版，印完就把版子扔了。未料才上市就銷售一空，使我不得不用照相翻印的方法再版，而且一印幾十萬本。

就在這樣的激勵下，我繼續寫成了七本《螢窗小語》，居然本本暢銷，而且一路寫來，成爲所謂的「知名作家」。可以說，如果沒有《螢窗小語》就沒有今天的我，如果沒有出版社主編的退稿，也可能沒有我後來的豐收。靠著《螢窗小語》賺的錢，我還清了房屋貸款，才能把家安頓好，隻身到美國留學；也因爲在《螢窗小語》的鍛鍊，使我能由短文寫到長文，由散文寫到小說。

◉

過去三十年間，《螢窗小語》先得到「中山學術文化基金會」的獎助，又被台北市教育局選爲學生優良讀物，甚至國防部也大量印製給官兵閱讀。兩岸開放之後，最先被介紹到對岸的也是這本書，先後由友誼、漢大、漓江、九州和重慶出版社出版，加起來的印數，最少達到三百萬本。雖然我而今已經有七十多種作品，但是文壇介紹我，還總會提到這部書，連去年北京大學出版的《台灣文學名家名作鑑賞》裡，也特別討論了《螢窗小語》的篇章。

凡此，都豈是我二十三歲，初寫《螢窗小語》時能想到的？我又豈能想到那小小四十開本，不過一百多頁的小書，以及用我學生時代上課不專心，在課本旁邊寫下的靈感和讀書札記彙成的小書，居然成為我文學園地中閃亮最久的「螢光」。

◉

再編校七本《螢窗小語》，確實好像重溫我由二十三歲到三十歲的情懷，裡面有少年的浪漫和青年的熱情；有「為賦新詞強說愁」的「少年老成」與「初試啼聲」的青澀筆觸。加上後面三本是我在國外寫成，所以也氾濫許多遊子的情懷，與中西文化衝擊下的感悟。如今重讀舊作，不再是汗顏或驕傲，而是「燈下白頭人」剪燭西窗的喟嘆。把這往事寫出來，希望告訴年輕朋友，尤其那些喜歡寫作的人：

別被退稿打垮，因為那很可能是你文學生命的開始；當主編們不欣賞的時候，你可以自己欣賞。自己想辦法發表，爭取廣大讀者的認同。

也別以為幼稚的心靈寫不出感人的作品；許多你年輕時的小靈感

，都能存起來，等你技巧純熟時發揮。許多你在記事本、日記本裡寫下的小詩，都可能成爲令千萬人感動，也讓你咀嚼一生的東西。

二〇〇四年夏寫於台北

目錄

平淡真好！平平的，不令我們顚躓；
淡淡的，不讓我們昏醉；
使我們坦坦蕩蕩地處世，明明確確地看人。

平淡真好

徐志摩說：「悄悄的我走了，正如我悄悄地來，我揮一揮衣袖，不帶走一片雲彩。」

這是何其平淡、何其瀟脫、何其豁達啊！

我喜歡平淡，因爲平淡正是深沈。平淡不是平，反而在它的平中有醇美，淡中有深情；正如平淡的香水，在似有似無之間，給人一種飄逸；正如平淡的畫，在簡簡疏疏之中，予人一種幽遠。

◉

能飲平淡的酒的人，不顯得他沒酒量，卻顯得出他的雅興，淺酌半杯不是比酒氣薰天的拚鬥更有味嗎？

能聽平淡的話的人，不顯得他淺薄，而顯示出他的修養；從平淡的言語中找尋哲理，不更能引起會心一笑嗎？

能過平淡的日子的人，不顯得他平凡，而能見出他的恬適；從蔬果瓜豆中找滋味，不也是一種享受嗎？

◉

能寫看來平淡的詩，不顯得他辭彙不足——

「舉頭望明月，低頭思故鄉。」

「來日綺窗前，寒梅著花未。」

「江南無所有，聊寄一枝春。」

這些詩，十歲的孩子也懂，不是意味無窮，且成爲千古名句嗎？

平淡眞好！平平的，不令我們顚躓；淡淡的，不讓我們昏醉；使我們坦坦蕩蕩地處世，明明確確地看人。

所以平淡也就是最美的「眞」。

假使心有扉，這心扉必是隨著年齡而更換的。

心扉

假使心有扉，這心扉必是隨著年齡而更換的。

十幾歲的心扉是玻璃的，脆弱而且透明，雖然關著；但是裏面的人不斷向外張望，外面的人也能窺視門內。

二十幾歲的心扉是木頭的，材料講究，而且雕飾漂亮；雖然裏外隔絕，但只要愛情的火焰，就能將之燒穿。

三十幾歲的心扉是防火的鐵門，冷硬而結實；雖然熱情的火不易燒開，柔情的水卻能滲透。

四十幾歲的心扉是保險金庫的鋼門，重逾千斤且密不透風，既耐得住火燒，也不怕水浸；只有那知道密碼、備有鑰匙的人，或了不得的神偷，才能打開。

一群愛家、愛國的人民，
團結在一塊土地上，不論那塊地有多小，
都能成為堅強而受舉世尊重的國家。

沙紙

如果將「紙」比喻爲「土地」，「沙」比喻爲「人民」，「膠」就是「愛國心」。一群人民居住在一起，卻不愛那個國家，猶如一盤散沙倒在紙上，紙稍振動，沙就掉了。但是如果在紙上先塗一層膠，再把沙鋪上去，使沙跟紙黏牢，則變成一張有用的沙紙。

◉

紙是何等脆弱的東西，它一撕就破。
沙是何等鬆散的東西，它一吹就去。
膠是何等平凡的東西，動植物中都可以提煉。
但是只要它們合在一起，就能成爲足以磨鐵銼鋼的沙紙，如同一群愛家、愛國的人民，團結在一塊土地上，不論那塊地有多小，都能成爲堅強而受舉世尊重的國家。

得意人前勿談得意事，免得毫無反應。
失意人前勿談得意事，免得予人傷害。

得意事

得意事，最不堪談論。
得意時，勿談得意事，以免給人驕傲的感覺。
失意時，勿談從前的得意事，以免落人訕笑。
得意人前勿談得意事，免得毫無反應。
失意人前勿談得意事，免得予人傷害。

◉

得意事，彷彿一瓶好酒，不宜拿出來給不嗜酒的人喝，因爲他不懂得欣賞；也不宜給醉了的人喝，因爲他已不能欣賞；更別給酒鬼喝，因爲他會一仰而盡；尤其不要給病人喝，以免病況加重；只適合找個安靜的地方，一人獨酌，陶陶然樂，醉了也不怕失態。

有人凋而不萎，有人萎而不凋；
有人退而不休，有人休而不退。
各有各的人生觀，各有各的處世論。

凋與萎

有些花是凋而不萎，有些花是萎而不凋。凋而不萎的，譬如櫻花、桃花，花瓣還晶瑩鮮麗，就落英繽紛。萎而不凋的，譬如繡球、雛菊，花瓣已經乾枯朽爛，仍賴在枝頭，不願凋落。

◉

凋而不萎的花，欣欣地來，明麗地去，或是點整枝的火焰，或是落滿地的花雨，不論花開、花落，都美得艷、艷得淒。

萎而不凋的花，欣欣地來，卻不爽朗地去，來時固然明艷照人，去時卻引人怨嘆；只見顏色漸褪，芳姿漸損，殘破淒涼。

◉

人也如此，有人凋而不萎，有人萎而不凋；有人退而不休，有人休而不退。各有各的人生觀，各有各的處世論。

尾牙辭退人，真是既不合理、
又不盡情，且傷人自尊的做法啊！

尾牙

「尾牙」是我國古老的習俗之一。在臘月十六日，僱主照例要宴請伙計，一方面對整年的辛勞表示謝意，一方面藉機辭退不中意或不再需要的人。這辭退的方法十分特殊，全以雞頭端上桌時所朝的方向來決定；雞頭朝老闆，表示大家都要留任；朝向伙計，則正對的人將被辭退。這樣做，看來很含蓄，所以被許多人讚揚，只是大家好像忽略了其中不合情的地方。

◉

一、吃尾牙既然有年終犒賞之意，理當賓主盡歡，輕輕鬆鬆、高高興興地聚會，何必在這一天辭退人，讓大家在心理上有壓迫感呢？

二、當雞端上桌，沒被雞頭對著的人固然慶幸，那被辭退的人，卻多麼下不了台？有道是「失意人前勿談得意事」，何必在歡樂的眾人面前，製造那最失意且尷尬的場面？

三、尾牙已近春節，臨過年突然被解僱，住在東主家的，得捲舖蓋走路；成了家的人，則在迎春納福的時刻，帶回失業的壞消息；使全家在春節前夕，籠上一層陰影，是多麼可憐。

◉

什麼時候不好辭退人？要辭退人何必在尾牙表示？

老闆早一點私下告訴自己不打算續用的人，使他能及早準備，並找個台階，說是另有打算，自己請辭，不是彼此面子都好看嗎？

等過了新年再辭退伙計，使他能過個快樂年，再於天氣暖和、萬物萌發時，生氣勃勃地尋求新工作，不是更合理嗎？

讓大家好好享用尾牙，感激老闆一年的照顧，謝謝伙計終歲的辛勞，賓主盡歡，不是更合情嗎？

尾牙辭退人，眞是既不合理、又不盡情，且傷人自尊的做法啊！

「自私自利」是不好的，
但是「自思自立」、「自力自司」，
不但好，而且必要。

自思自立

「自私自利」是不好的，但是「自思自立」、「自力自司」，不但好，而且必要。

「自思」是自己思考，「自立」是自己獨立；「自力」是自力更生，「自司」是自己管理。

◉

不自思的人，凡事跟著別人想，必無法自立；不自立的人，總是靠他人，必無法自司；不自司的人，雖有才力，卻常假手他人，稱不上自力；不自力的人，雖能思考，卻不力行，也是枉然。

所以自思、自立、自力、自司，缺一不可。

一個人幫助你，卻從不表現他自己，使你保持自尊；
而且在幫助你之後，便悄悄地隱退，一點都不要你報答，
一絲都不留下痕跡，他不是太偉大了嗎？

偉大的膠條

「我們公司製造的膠條種類眞是太多了。」一位在膠條工廠做事的朋友對我炫耀：

「布的膠條可以包紮傷口，寬的膠條可以封閉紙箱，透明的膠條能夠黏貼文件，雙面的膠條適於粘合物品……」

「在這許多膠條中，你們公司最得意的是哪幾種？」

「當然是不反光和不黏傷的膠條了。前者不像一般玻璃透明膠條反光，所以黏貼在文件上不太看得出來，同時因爲不是十分光滑，而能在上面書寫。後者雖然可以黏貼，揭下來時，卻不會傷害物品，所以能用來固定紙張，甚至在油漆窗子時，貼在玻璃上作爲防止污染之用。」

「這有什麼稀奇呢？」我說。

「當然稀奇！而且可以說是偉大極了！」他理直氣壯地說：「你想想，如果一個人幫助你，卻從不表現他自己，使你保持自尊；而且在幫助你之後，便悄悄地隱退，一點都不要你報答，一絲都不留下痕跡，他不是太偉大了嗎？不反光和不黏傷的膠條正是這樣啊！」

「你不但介紹了膠條，更給我上了很有價值的一課。」我說。

困而學是最快的，不困而學是最難的。

不困而學

剛到美國的時候，一位朋友對我說：「你來的前兩年，英文會進步特別快，之後就會慢下來。」當時我不以爲然，認爲他太武斷了。但是而今已經旅美多年，確實感覺後來在英文方面的進境不如頭兩年。所以當我又碰到那位朋友時，特別讚美了他幾句，說他料事如神。

「這有什麼好佩服的嘛！」他笑著說：「又不是你一個人如此，大家都一樣！剛來的時候，英文捉襟見肘，時時都在接觸新詞彙，刻刻都在吸收，不學根本沒法過日子，當然進步快。但是兩年之後，一般的會話都能應付了，別人講話也差不多聽得懂，看報紙廣告、商品說明更不成問題，當然因爲需求減低而自滿，因爲自滿而鬆懈，也就難有大進步了。」

學習就是如此，困而學是最快的，不困而學是最難的。

登山，是為了征服山，還是看更多的山？
戲水，是為了征服水，還是對語江河？

強者樂山　健者樂水

喜歡遊山玩水是人的天性，但同樣登高攬勝、泛舟戲水，今、古人卻有很大的差異。

古人登山，除了拄杖的長者之外，往往不攜任何裝備，大家緩步而登，走走停停，目的不在爬多高，而在欣賞風景、開闊胸懷。

近代人登山，則常常纏繩帶鉤地裝備齊全，或懸繩以下降，或攀援以上昇，戰戰兢兢、一鼓作氣地向上爬，目的似乎不在欣賞風景，而在征服高山。

◉

至於戲水，也如此。

古人泛舟，不論一葉扁舟、一棹孤舟、雙溪舴艋，或西湖畫舫，目的常是賞明月清風、聽漁舟唱晚、看江上煙波，在粼粼的波光與潺潺的流水間尋找寧靜的情懷。

現代人玩水，則或馳汽艇以疾馳、或駕帆船以破浪、或滑水凌波、或潛水衝浪。似乎戲水的目的不在尋找優閒，而在製造刺激；不在疏暢胸懷，而在強健體魄。

所以孔子說：「仁者樂山，智者樂水。」到了現代，應該改爲「強者樂山，健者樂水」。

◉

登山，是爲了征服山，還是看更多的山？

戲水，是爲了征服水，還是對語江河？

我們很難說古人與今人，到底誰對。

話到七分，酒至微醺；筆墨疏宕，言詞婉約；古樸殘破，含著蘊藉，就是不完而美的最高境界。

完與美

我們常用「完美」這個詞，也就是說完整、完善、完滿無缺的美好。問題是：「完」的就一定美嗎？不完是否就不美呢？

◉

《米羅的維納斯》斷了雙臂❶，薩莫斯瑞斯的《勝利女神像》沒有了頭❷，但仍舊優美典雅，被認爲是西洋美術史上的經典之作。

曹雪芹寫《紅樓夢》只到八十回❸，黃公望的《富春山居圖》被焚了六分之一❹，如今看來仍然是不朽的偉構。

畢卡索和馬蒂斯的許多作品，連畫布都沒塡滿。馬遠、夏圭的許多名蹟，常只簡略地帶上一角，但是更耐人尋味。這許多曠世的珍品，有哪一個因爲曾受毀損，或意筆草草，而否定了它們的價値呢？

◉

話說回來，什麼叫「完」？實質與感覺上的「完」，何者較爲重要？如果一件作品，言未盡而意無窮，筆未周而境無邊，是否能以「言未盡、筆未周」而責它不夠完美呢？

勸說朋友，話不必說盡，只要心領神會，便當止住，否則就是囉嗦。親朋小聚，飲不必求醉，只要陶然快意，便當知足，否則就是酗酒。

寫文章，句子不必太顯。詭文而譎諫，寓言以諷喻，點景以生情，意味更見深長。

作繪畫，筆墨不必周。以拙爲巧，以空爲靈，「含不盡之意於畫外」，境界更見幽遠。

◉

話到七分，酒至微醺；筆墨疏宕，言詞婉約；古樸殘破，含蓄蘊藉，就是不完而美的最高境界。

註：

❶米羅的維納斯（VENUS DE MILO），古希臘的雕像，一八二〇年發現於米羅島，現藏巴黎羅浮宮，是最著名的維納斯像。由於發現時雕像雙臂已斷而且遍尋無著，所以引起許多學者對原作的推測與研究，有人認爲她原來是用雙手捧著盾或鏡子顧影自憐，也有人揣測她是在抽紗編織。

❷薩莫絲瑞斯的勝利女神像（NIKE OF SAMOTHRACE），西元前二世紀的大理石雕刻，一八六三年發現於西臘的薩莫絲瑞斯，雕像頭部已斷，身體作迎風展翅狀，是羅浮宮最偉大的收藏品之一。

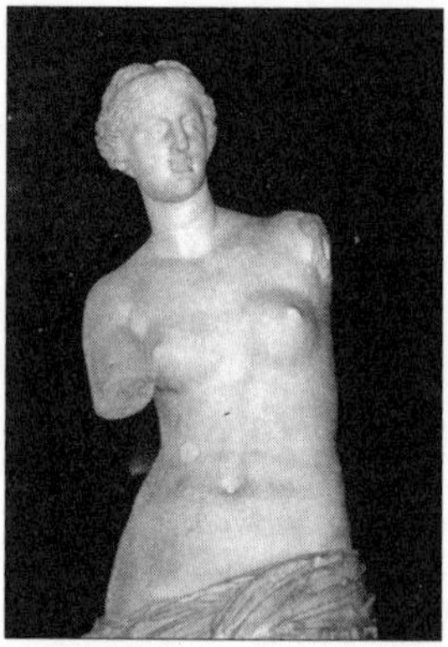

△米羅的維納斯

△勝利女神像

❸《紅樓夢》又名《石頭記》、《金玉緣》、《情僧錄》、《風月寶鑑》、《金陵十二釵》等，全書共一百二十回，前八十回爲曹雪芹所寫，後四十回據稱爲高鶚續成。

❹《富春山居圖》是黃公望的名作，畫於元至正十年（一三五〇），後曾至收藏家吳問卿手中，吳死時將此卷投火相殉，幸虧被他的侄子吳子文救出，但是已經焚傷起首一段。此圖另有摹本稱「子明卷」，原作稱「無用師卷」，都收藏在台北故宮博物院。

人難免有些疵缺，不事遮掩小毛病的人，更能顯得真。

白髮

如果一個中年人，頭上不見半根白髮，我不敢確定他的頭髮有沒有染過。但是如果他的髮間有一兩根銀絲，我反而能夠確認他的頭髮是天生的顏色。

◉

人難免有些疵缺，不事遮掩小毛病的人，更能顯得真。相反的，那些被宣傳得盡善盡美，彷彿絕不犯錯、毫不自私的人，倒有些不真實了。

滿懷感情的人，情緒變得特別脆弱，
外界的一景一物、別人的一言一笑、
昔日的一紙一字，都能勾起他無限的感傷。

傷與感

許多文藝創作者都有相同的經驗，就是愈在傷情的時候，愈容易產生創作的靈感。

其實這道理很簡單，它好比鼻子敏感的人，對氣味和灰塵特別敏感；風濕的患者，對天氣晴雨彷彿能夠預知；身體衰弱的人，對一點冷暖的變化都難以忍受。

同樣的道理，滿懷感情的人，情緒變得特別脆弱，外界的一景一物、別人的一言一笑、昔日的一紙一字，都能勾起他無限的感傷，也自然容易在詩文中宣洩出來，成爲感人的作品。這也就是杜甫會由於「感時」而覺得「花濺淚」，「恨別」而覺得「鳥驚心」。李易安會因爲「舊時天氣舊時衣」，而怨嘆「只有情懷不似舊家時」的道理了。

唯有不斷檢討自己作品的作者，
才能寫出以後更多的佳構；
唯有不斷反省的老師，才能使他的觀念不落伍。

盡信師不如無師

古人說：「盡信書不如無書」。同樣的道理，我們也可以講：「盡信師不如無師。」

因爲著書立論的人，在動筆之先總要經過細密的思考，引用典故章節也常得查證無誤，以免書成之後，錯誤落在他人手裏而貽笑大方。如此小心作的書，我們尚且不可盡信，何況多半只是口授的老師了。老師們在課堂上背誦的詞句難免會有缺漏，一時興起的論述，也難免不夠愼密；即或自成一家之言，且持之有故、言之成理，由於時空的改變，新實驗、新資料的出現，也難免不動搖。

◉

再進一步，「盡信書不如無書」，不僅是對那些讀書人來說，也適用於作者本人。「盡信師不如無師」，不僅是對學生而言，而且適用於老師。因爲一個總是堅持己見的人，不可能再有新的創意；一本總不增添新資料的書，難免過時。

唯有不斷檢討自己作品的作者，才能寫出以後更多的佳構；唯有不斷反省的老師，才能使他的觀念不落伍。

文章的馬車，不能不小心駕駛，更不能不小心搭乘啊！

文章的馬車

如果文章像是一輛馬車，文字是車、內容是馬、主題則是駕車的人。有馬無車，不成爲馬車；有車沒馬，還是跑不動；馬和車都有，卻無人操縱，則必然不知方向。

有些文章堆砌了許多華麗的辭藻，卻因爲內容空泛，而不知所云，如同雕花繪彩的車，沒有馬拉。

很多人有滿腦子的思想和靈感，卻不能文，猶如沒有車的馬，根本無從表現。

還有一些作家，既具文采，又有才情，更富學養，卻失之偏見，彷彿「馭者」有問題的馬車，可能載著滿車的人，誤入歧途，甚至翻覆。

文章的馬車，不能不小心駕駛，更不能不小心搭乘啊！

殘害善良、欺凌弱小的人，
多半色厲內荏、外強中乾、識量短淺，
一般人卻以為他們是惹不得的強權。

食人虎

在印度，被老虎咬死的人，平均一年達四十人以上。爲此，許多印度當地和外國的學者成立專案調查，結果發現眞正的「食人虎」只佔老虎總數的百分之三，而且多半是生病、受傷或牙齒斷裂的老弱殘虎。牠們沒有能力去獵取野生動物，只好溜進村落，攻擊跑得慢而且抵抗力差的人類，可惜村民總以爲吃人的老虎是特別強壯殘暴的，造成許多從不出森林，也從不攻擊人的老虎，無辜地遭到殺戮。

◉

殘害善良、欺凌弱小的人，多半色厲內荏、外強中乾、識量短淺，一般人卻以爲他們是惹不得的強權，不也是同樣的道理嗎？

人若失去了道路、失去了指標、失去了方向，再堅強而有毅力，也很難闖得出來。

道路與指標

如果你閉著眼睛走路，會發現由於兩腿的力量不均，常走不了多遠就歪出了道路。

如果你閉著眼游泳，會發現由於兩臂的力量不同，總是游不直。

如果你在沙漠行走，明明向直前進，卻可能永遠出不去，因爲沙漠上沒有指標，你很可能只是在小範圍內打轉。

如果你身陷箭竹林，又沒有指南針，即使是登山專家，也可能受困，因爲你看不到遠處的景物。

◉

人若失去了道路、失去了指標、失去了方向，再堅強而有毅力，也很難闖得出來。

人們常以表面的感覺判斷，卻不在實質上著眼。
而在傷心的時候，又常失去應有的觀察和判斷力，
以致錯過大好的機會。

摸彩

請聽我述說兩個眞實故事——

一

有一年春節，某公司舉行慶祝晚會，會中交換禮物摸彩，並事先規定每人所帶的禮物價值要在一百元左右。當天現場的禮品，眞可以說是琳琅滿目，其中尤其引人注意的是一個特大號的禮盒，不但有著鮮麗的包裝，而且繫了緞帶，引起許多人的猜測，但是當抽中的人興奮地打開包裝時，竟只是一大箱化粧紙。

「居然送這麼不值錢的衛生紙，到底是誰幹的好事？」會場的人都叫了起來。

晚會之後一連幾個月，只要人們想到，都會罵個不休。直到有一天，某位同事從福利社買東西回來，說：「講句實話，我發現一箱化粧紙要兩百多塊錢呢，而且這個禮物比什麼都實用啊！」大家跟著想想、算算，才發現果然沒錯，跟別的禮物比起來，那箱化粧紙倒算是個大禮了。

二

有一年聖誕節在美國某華僑社團舉行摸彩，當抽到第一獎的人興奮地打開禮物時，發現居然是一隻做成豬形的塑膠存錢筒，輕輕的，看來值不了兩塊錢。那人感到非常失望，當場就把它送給了台下一個小孩子，豈知小孩拿回家之後，發現存錢筒裏竟然放了五百元美金的現鈔，只因爲是紙幣，所以不易察覺。

◉

以上這兩則故事，給我們一個很好的教訓：人們常以表面的感覺判斷，卻不在實質上著眼。而在傷心的時候，又常失去應有的觀察和判斷力，以致錯過大好的機會。

知命不是認命；知是了解、認是無奈；
知是得到，認是放棄。

知命與認命

我們常用「知命」與「認命」這兩個詞。

「知命」出於論語為政篇，子曰：「吾十有五而志於學、三十而立、四十而不惑、五十而知天命……」。

這個「命」指的是天命，也就是朱熹所說「天道之流行而賦於物者」。

至於「認命」則是認自己的命，認為什麼事都屬命中注定，理當如此，非人力所能轉移。所以認命的命，包括在天命當中，兩者的差異是：

知天命的人雖然知，卻不一定認；認命的人，認了自己的命，卻不一定知天。知天命的人能不違天命，所以達到從心所欲，不逾矩；認命的人，多半不為，所以常聽天由命，變得消極頹唐。

◉由此可知，知命不是認命；知是了解、認是無奈；知是得到，認是放棄。許多人把認命當作知命，以為是一種成熟與豁達，實在犯了大錯！

△金石家刻印，多半不依賴印床，而一手執印、一手執刀，所以稍不小心就會傷手。（圖／薛平南提供）

藝術追求的常不是必然，而是偶然；
常不是圓熟，而是拙樸；常不是平順，而是慘烈。

治印之道

你一定看過刻圖章吧，那些師傅多半先將印材夾在一個由許多小塊木板組成的印床上，再描繪印文，下刀雕琢。由於印材早已固定，所以雕刻時不會搖動，就算刀子滑出去，也不致傷手，可以說既省力，又安全。

◉

但你可知道，治金石的名家，多半是一手執印，一手執刀，而絕不依賴那「印床」的。他們右手向前刻，則左手執印向裏送；右手向內刻，左手則將印材向前迎。遇到硬的材料，左右都用力；遇到軟的印材，內外都留三分；碰到不均勻的石頭，則要剛柔互濟。就在這左右手的配合下，表現出「崩」的氣魄、「刮」的細緻、「大白文」的力量和「細朱文」的柔婉。當然在這雕刻的過程中，只要滑刀，就難免將手割破。我們可以說一般刻印的工匠很少有爲刻印傷手的，而金石的名家，即使在治印幾十年之後，仍然有掛彩的可能。

藝術追求的常不是必然，而是偶然；常不是圓熟，而是拙樸；常不是平順，而是慘烈。

風動荷花水殿香

風動荷花水殿香見太白口號吳王美人半醉句甲申春平南花甲

興酣落筆搖五岳

興酣落筆搖五岳詩成嘯傲凌滄洲太白江上吟句甲申之春平南致六十

△金石名家薛平南治印，右為「朱文」，左為「白文」。

清新、亮麗、爽朗，不事雕琢，
於規律中表現不規律，於完美中帶有殘破，
或許這就是「大自然」的感覺吧！

大自然的精神

颱風剛過，走在路上，突然有進入鄉野的感覺，眼前明明仍是原先的高樓、馬路和行道樹，為什麼會給我如此異於昔日的感動呢？

◉

我終於想出了！因爲颱風吹走了都市裏污染的空氣；因爲樹木折的折、歪的歪，不再像以前一樣整齊地直立著；因爲樹葉上的塵污都被雨水洗淨，重現它們青翠的面貌；因爲路上的人車稀少，且散布著強風吹落的枝葉。

◉

清新、亮麗、爽朗，不事雕琢，於規律中表現不規律，於完美中帶有殘破，或許這就是「大自然」的感覺吧！

我們以為每天的自己都差不多，
其實我們時時在變，刻刻在改。

多變

從事錄音工作的人都有經驗，如果同一篇講稿，因爲太長而分兩天錄音，雖然主播的人相同，聲音卻可能不一樣；不是高低強弱和速度改變，就是語氣情緒有別，甚至同一天，只隔了下午茶的二十分鐘，聲音也會有差異。

◉

人就是如此，我們以爲每天的自己都差不多，其實我們時時在變、刻刻在改；所處的環境，所遇的人物，所吃的東西，所想的事情和身體的狀況，都能改變我們。就因此，我們才不是機器；就因此，人才稱得上多變。

利用前人的經驗，以掌握今天，創造明天。

談歷史

中國的文字，眞是高妙極了，譬如歷史的「史」字，下方是手的象形，中間一豎爲筆；上方像口的部分，則是所書寫的東西，三者加起來，成爲「記事者」，也就是「史官」，或今天所說的史學家。

◉

此外，我們也可以說：史這個字是由「手」和「中」兩部分結合成的，「中」又有兩種解釋，一個專指「官府簿書者」，一爲「執中不偏」。結合以上許多點，我們爲「史」下個定義，就是「記言記事，能執中不偏、秉筆直書，存正、存眞者，爲史」。

史既然是記錄實事，自然種類繁多，依寫法的不同，有通史、斷代史、編年史等等，依內容分，有文學史、美術史、音樂史，乃至專談史學發展的「史學史」，和研究沒有成文史之前的「史前史」；甚至風流韻事寫成書，也能稱爲風流史、韻史或艷史。總之，只要有人、有事、有筆、能文，就能寫史，即使平凡的日記，只要寫得實在，都能稱爲一個人的「史」。

◉

西諺說：「學歷史使人聰明」，也就是中國人所講的「見古知今，鑑往知來」，一個人能知古、知今、知來，誰能說他不聰明呢？問題是，古爲古，今爲今，爲什麼看古人的事，能見出今人的發展？道理很簡單，因爲這是人類的世界，無論今古，人性是相似的，從基本上的嫉妒、貪婪、疑惑，到較深一層的忍耐、矛盾、妥協；從周幽王到尼祿、從凱撒到拿破崙、從日本的「大名」到中國的「軍閥」，儘管時空差一大截，人性的變化卻是相似的。所以一個對歷史研究深入的人，往往也是最了解人性的人。

◉

「學歷史也使人豁達」，在觀千古的興廢盛衰、榮枯消長之後，發現這茫茫人海、漫漫時空，千變萬變，卻脫不出歷史的定則。成者爲王，敗者爲寇；邦國定、疆臣逐，怎能不令人看破世事，豁然達觀呢？

◉

「人事有代謝，往來成古今」❶，孟浩然的這兩句詩，應該是對歷史最恰當的解說了，因爲他沒有李白的「古來聖賢皆寂寞，惟有飲者留其名」❷的消極，也沒有杜甫「悵望千秋一灑淚，蕭條異代不同時」❸的感傷，更不像李商隱發「管樂有才終不忝，關張無命欲何如」❹的惋嘆。

歷史沒有錯誤，更無遺憾，因爲歷史就是歷史，已經發生了，已經定案了，已經綿綿延延地影響下去了，也已經發展到今天。這麼說，學歷史對我們還有什麼好處呢？那當是：

利用前人的經驗，以掌握今天，創造明天。

註：

❶見唐孟浩然詩〈與諸子登峴山〉。

❷見唐李白詩〈將進酒〉。

❸見唐杜甫詩〈詠懷古蹟〉。

❹見唐李商隱詩〈籌軍驛〉。

教育比處罰重要，和平比紅十字重要，
救助比同情重要，工作比金錢重要

穀子與白米

如果你要去救濟飢餓的人，送白米的時候，請別忘了運穀子，因爲白米只能解一時之飢，穀子卻能成長遠之計。

◉

教育比處罰重要，和平比紅十字重要，救助比同情重要，工作比金錢重要，正如穀子比米重要一般。

讀以前念過的書，
是進入舊礦坑中再下一鏟，
很可能發現新的礦脈。

舊東西

收拾舊東西，雖然麻煩，但也能樂在其中。因爲一方面眼看散亂的物品，樣樣分門別類地擺好，而騰出不少空間；一方面會發現已經被遺忘，卻很有意思的東西。許多昔日認爲平凡的，而今已經成爲稀有的。許多當年不能欣賞的藝品，而今卻對它十分感動。假如再翻到幾件具有紀念性的東西，更令人如獲至寶。

收拾舊東西，誰說不是一件有意思的事呢！

◉

讀以前看過的書，雖然可能浪費時間，但也能樂在其中。因爲一方面可以將記憶中已經模糊散亂的知識，重新作個整理，使得思路清晰；一方面又往往發現已經被忽略，卻很有意思的學問。許多昔日認爲平淡的言語，而今成了人生的智慧；假使再翻到兩句當年苦思不得，又找不到出處的句子，更令人如獲至寶。

◉

讀以前念過的書，是進入舊礦坑中再下一鏟，很可能發現新的礦脈。

願天下每個脾氣暴躁的人，都能戴這麼一只戒指；
每當我們動作將變得粗魯的時候，就用它把怒火平息。

玉戒指

我一向反對算命，但是對於以下這位算命先生的話，倒覺得迷信中還有幾分道理——

如果夫婦失和，戴個玉戒指是有幫助的，而且愈名貴愈好。爲什麼一定要玉的呢？因爲它容易碎裂，你戴了它，心裏念著，動作自然會比較小心，不致爲一點小事就冒火拍桌子，這種文雅的舉動和自我節制的態度，很有助於改善家庭氣氛。

◉

不止是夫妻之間，願天下每個脾氣暴躁的人，都能戴這麼一只戒指；不一定眞戴，而可以在心裏想像著，有那麼一個寶貴無比的東西在自己的指間，每當動作將變得粗魯的時候，就用它把怒火平息。

生活的環境愈簡單，學習的效果反而愈好。

伊頓中學

伊頓中學是英國著名的學府，據說由於想進的人太多，許多年輕人，才結婚，就開始爲他們將來的子女申請入學。

雖然伊頓如此著名，可是當我到那裏去訪問時，卻發現他們的教室桌椅非但不考究，而且都是千瘡百孔的老古董。

「伊頓中學這麼有錢，爲什麼桌椅設備不改善一下，使學生坐得舒服一點呢？」我問其中一位老師。

「因爲桌椅太舒服，學習的效果就差了。」老師回答：「你想想，學生靠在柔軟的沙發椅裏與坐在冷硬的木板凳上，哪個比較容易打瞌睡？」

我點頭，覺得是有幾分道理。這位老師又繼續說下去：「同樣的道理，學生宿舍也不能太講究，如果像是旅館的豪華套房，附加電視、音響，必然會造成疏懶的毛病。據我多年教學的經驗，宿舍愈差，學生愈愛上圖書館，功課也愈好，不就證明了一切嗎？」老師笑笑：「生活的環境愈簡單，學習的效果反而愈好。」

由小處看人，要比從大處觀察，
更來得真實而準確呀！

垃圾

某日清晨散步，正遇見工人沿街清除垃圾，就跟他們打個招呼。

「先生，您早！」垃圾工人笑著說：「這個地區眞不錯，從垃圾就可以看出大家都很謹愼、有公德，而且充滿慈愛。」

「由垃圾可以見出這麼多嗎？」我不太相信。

「當然啦！如果你發現，他們的垃圾不論是塑膠袋或紙箱，都包得好好的，不致在搬運時破裂，表示這些人一定謹愼；假使發現他們砍下的樹枝一定用繩子捆好，拆下的木條一定把上面的釘子敲平，不致使工人搬運時傷到手，表示這些人一定有公德；又如果他們把還能使用的東西與廢物分開放，以便需要的人拿去用，表示他們一定慈愛。由小處看人，要比從大處觀察，更來得眞實而準確呀！」

彷彿雲來雲往，雨來雨往，
世上總有晴朗與陰雨的地方；
又如同生生死死，死死生生，
這世間的一切總是繼往開來、生息不斷。

得與失

人在大的得意中常會遭遇小的失意，後者與前者比起來，可能微不足道，但是人們往往怨嘆那小小的失，而不去想想既有的得。

譬如一位千萬富翁，很可能因爲被倒了兩百萬元的帳而鬱鬱不樂，一位經理很可能因爲遭受總經理的白眼而心萌去意。他們只計較眼前的小不如意，卻不想想自己已經是非常得意的人。也就因此，許多得意者反不如一般人快樂；甚至千萬富翁自殺了，經理辭職了，到頭來這些得意人，因爲自己小處的看不開，終於成了眞正的失意者。

◉

得與失在我們心中，眞是只有一線之隔。我們意以爲得，就是得意；意以爲失，就是失意。所以顏淵居陋巷，一簞食，一瓢飲，也能得意在其中。秦王政統一六國，兼併天下，也能失意於其間。大約有得必有失，有失必有得；所得既多，就是再增加，也不覺得欣喜，稍有所失，便誠惶誠恐；所失既多，就是再失，也不感到痛惜，稍有所獲，便十分快樂。如此說來，得意何嘗不是失意之由，失意何嘗不是得意之始呢？

◉

更深一層想，我們人生最大的得意與失意，都無法由我們自己來決定。人生最大的得，應該是「生」，我們從父母得到生命，不是最大的得嗎？因爲沒有這個得，就沒有以後的得，這是得的根本。而人生最大的失，應該是「死」，當這一刻來臨，我們便須交出所得的一切，包括自己的生命，這不是最大的失嗎？這最大的得與失，我們尚且無法掌握，還有什麼得失好計較呢？

◉

《孔子家語》裏記載：有一天楚王出遊，遺失了他的弓，下面的人要去找，楚王說：「不必了，我掉的弓，我的人民撿到，反正都是楚國人得到，又何必去找呢？」孔子聽到這件事，感慨地說：「可惜楚王的心還是不夠大啊！他爲什麼不講：人掉了弓，自然有人拾得，又何必計較是不是楚國人呢？」（語譯）

◉

「人遺弓，人得之」，應該是對得失最豁達的看法了。就我們個人而言，固然有得有失；就全人類而言，不是都一樣嗎？彷佛雲來雲往，雨來雨往，世上總有晴朗與陰雨的地方；又如同生生死死，死死生生，這世間的一切總是繼往開來、生息不斷。所以得與失，到頭來根本就一無所得，也一無所失啊！

只有知與識結合的時候，才能產生最大的效果，
也才能引出更多的「新知識」。

知與識

我們常用「知識」這個詞，據一般字典的記載，知與識往往相通，但我認爲：「知」不等於「識」。

◉

「知」是知曉、了解；「識」是識見、認識。能知，未必能識；能識的，未必皆知。好比我們可以知道一個人的生平歷史，但只是由文字中得來，對他本人未必認識；而我們認識的人，如果交往不深，則無法知道他眞正的背景。此外，我們可以說「知難識易」，也可以講「知易識難」。對於五穀雜糧，農夫都能認識，但是難得知道生長的道理和生態結構；對於基本的地形變化，高中生多半知道，但是見到眞實的景觀，難得有人識別。

◉

由此可知，「知」偏重理論，「識」偏重實際；「知」偏重推論，「識」偏重觀察。固然能知的人未必要識，能識的人也未必當知，但是只有知與識結合的時候，才能產生最大的效果，也才能引出更多的「新知識」。

「了解」，能使這個世界簡單。

了解

同樣一個城市，住得愈熟，愈覺得小。

同樣一條路，走得愈熟，愈覺得短。

同樣一本書，讀得愈熟，愈覺得薄。

同樣一種技巧，學得愈熟，愈覺得容易。

同樣一個人，交得愈熟，愈覺得平凡。

「了解」，能使這個世界變得簡單。

會看報的人，不但看當天的報，而且翻以前的報，因為在這前後比較下，最能見出來龍去脈。

新聞與舊聞

會看報的人，不但看當天的報，而且翻以前的報，因爲在這前後比較下，最能見出來龍去脈。傳說的不眞實、揣測的不正確、論點的前後矛盾、效果的前後改變，都能很容易地見出。譬如過去小的徵象，而今已經顯現大勢；小的暗示，而今已經正式定案；民間的輿論，而今已經產生影響；過去的政見，而今已經實現；從前的允諾，後來全不認帳。就在這比較當中，你愈能認清報紙、認清時勢、了解政策、看出做法、品評記者，進而見出時代的趨勢，乃至推斷未來。

◉

或有人說，只要記性好些，看當天的報，自然能與以前記憶中的相參照，何須重翻舊報？我想，對於那有第一等敏銳和記性的人，確實如此。但是許多昔日看來毫無意義的字，乃至模稜兩可的句子，甚至認爲是筆誤或疏忽的地方，在前後比較之後，都可能發現事出有因，當初若能見微知著，早就可以預測今日的發展；而今天有此發展，如果不與過去的新聞相比，又有幾人能將那些小地方環扣起來？

◉

新聞圈常說：「看小地方，就知道新發展了。」所以資深記者看政府的公報、政令，常能有超人的推想力，也就是「新聞感」。

就多年從事新聞工作的經驗，我勸您在看「新聞」之餘，不妨也找找舊聞；看多了，能論時勢，甚至能成半個史學家呢！

有些人彷彿不能適應土壤、氣候的種子和枝條，
怎麼移植，都無法成長，
只好在異鄉的泥土上逐漸萎去。

移植與移民

植物的繁殖有播種、插枝、壓條、接枝等方法。人類的移民也可以分爲這幾種。

◉

有些人因爲父母早期移民，自己根本生在「當地」，可謂土生土長，如同種子的萌發、茁壯。

有些人適應力強，雖然成年之後移民異鄉，但是很快就能適應，彷彿是「插枝」。

有些人謹愼從事，不敢驟然移民，先把妻小留在國內，自己到異鄉試探，一直等到有把握生根，才把家接去，可比作「壓條」。

更有些人硬是移民異鄉，但是始終不能適應環境；生活在當地的社會，卻不屬於當地，可以算是「接枝」。

◉

當然還有些人彷彿不能適應土壤、氣候的種子和枝條，怎麼移植，都無法成長，只好在異鄉的泥土上逐漸萎去。

遇到風雨，一條路是衝出暴風圈，
早早奔向目標；一條路是退回平安的港灣。

進一步海闊天空

中國有句名言：「等片時風平浪靜，退一步海闊天空。」❶西洋有句名言：「雄辯是銀，沈默是金。」這兩句話，都有它的道理，但是如果改爲「搶片時風平浪靜，進一步海闊天空」、「沈默是銀，雄辯是金」，似乎也不錯。

◉

這是個分秒必爭的時代，我們爭取機會還唯恐不及，怎麼容得等待和退一步呢？

這是個眞理與邪說戰鬥的時代，惡人「智足以拒諫，言足以飾非」。眞理在前，他們還能將黑的說成白的，怎容我們以消極的沈默來對待呢？

◉

遇到風雨，一條路是衝出暴風圈，早早奔向目標；一條路是退回平安的港灣。遇到邪說，一條路是以眞理愈辯愈明的信念去辯說，一條路是遵從沈默是金的名言，緊緊地閉嘴。

您說，在今天這個時代，我們應該選擇何者？

註：

❶「等片時風平浪靜」，又作「忍片時風平浪靜」。

衣服髒了，當然要換；方法舊了，當然要改，
但是在這更換之間，有些東西是永遠要保存的。

汰舊更新

我們常在換衣服時，忘記將原來衣服裏的東西拿出來，等到出門之後掏口袋才發現，不是沒有錢，就是忘了鑰匙，造成極大的不便。

◉

我們常在換新方法、改新組織、訂新規章時，將舊有的重要部分遺忘，表面上一切都是新的，問題是：正因爲少了那些舊東西，造成極大的偏差。

◉

衣服髒了，當然要換；方法舊了，當然要改。但是在這更換之間，有些東西是永遠要保存的。

愛在基本上是自私的，
這自私對自家人固然好，
對外人卻不一定妙。

狹隘的愛

常聽人說：「如果這世界上沒有了恨，就會太平了。」其實，如果沒有了狹隘的愛，恐怕也會太平。君不信，請看有幾個熱戀的人會不鬧些小彆扭？有幾個極知心的朋友，會不鬥嘴？相對的，又有幾個普通朋友常吵架呢？

「愛之深，責之切」，愈是愛，愈是關懷，愈是介意，也愈容易吃醋；愈是愛，愈想佔有，愈拉小圈圈，也愈排斥。

所以愛在基本上是自私的，這自私對自家人固然好，對外人卻不一定妙。

◉

禽獸爲了愛自己的下一代而去殺戮別人的父母子女；人類爲了愛自己的人，而去殘殺別人的同胞；戰後軍隊歸來時，家人們焦急地等待著。見到自己的親人生還，眞是欣喜若狂，但是有誰想到敵人的眷屬，也在盼望他們的父子或兄弟歸來呢？甚至自己身邊，也正有人哀慟欲絕。人們似乎有個「當然」的看法：只要與我們爲敵的就是禽獸，就是錯的，就該死；兩邊打仗，各自祈禱，其內容不外是保佑自己，也就是不要保佑對方。

◉

愛就是如此自私、如此強烈，西洋有句諺語：「藍眼睛說：愛我，否則我就自殺；黑眼睛說：愛我，否則我便殺了你。」不管自殺或殺人，怨懟或仇恨，都不是好事啊！

我並非要大家不去愛，而是要愛得平和、愛得寬闊；能守個「中道」，不太過火、不太自私就成了。這好比「路不拾遺，夜不閉戶」是大同理想，但是孔子並未說：「拾到東西都立即找尋失主送還，夜裏幫別人守門。」因爲東西掉了只要沒人動；門戶開著，只要無人偷，雖沒有「大好人」，但也沒有壞人，仍能合乎大同的理想。至於那

「不獨親其親，不獨子其子」，則是愛的擴大。

所以我要說：沒有了狹隘的愛，這世界就太平了。

當馬向高處爬時，彷彿是你得意的時刻，
愈得意愈要謙恭，所以人要向前俯；
至於下山，則彷彿失意時，
固然是往下坡溜，你反而要坐得挺、撐得直。

畫馬

小時候我很喜歡畫馬，某日完成了一張描繪獵人騎馬登山的畫面，正得意，母親過來對我說：「馬背上的人坐得太挺了，你要知道：當騎馬上坡的時候，身子要向前俯，否則人跟馬都容易翻倒。」

◉

過不久，我又畫了一張「騎馬下山」的畫面，母親看了還是不滿意地說：

「這次你畫中的人物又畫得太俯了，騎馬下坡時，馬固然往山下走，人卻要坐得挺，如果也跟著馬向前傾，就容易滑下去。」

◉

兩次得意之作，都遭到批評，我有些懊惱地說：「爲什麼有這麼多規矩呢？反正人騎馬，愛怎麼騎就怎麼騎！」

「你講得不錯，但是要想騎得平穩快速、不顛躓、不傾倒、不被摔下馬背、不致滾落山崖，就一定要講究方法。」母親說：「這就好比處世，當馬向高處爬時，彷彿是你得意的時刻，愈得意愈要謙恭，所以人要向前俯；至於下山，則彷彿失意時，固然是往下坡溜，你反而要坐得挺、撐得直。」

◉

直到今天，不論畫馬抑或處世，得意與失意，母親的這兩句話總是我的指引。

情非得已時，寧可斷然採取第二種方法，
而不能固執於第一個理想。

第二種方法

請聽我說幾個故事：

據說古希臘的佛里幾亞國王葛第士曾經以非常奇妙的手法，在戰車的軛上打了一串結，並預言誰能打開這個結，就可以征服亞洲。但是一直到紀元前三三四年，亞歷山大大帝入侵小亞細亞，來到葛第士繩結之前，沒有一個人能夠成功地將繩結打開，亞歷山大大帝卻不費幾秒鐘的時間就打開了繩結——

他毫不考慮地抽出劍，砍斷了繩結，果然一舉佔領了比希臘大五十倍的波斯帝國。

◉

司馬光幼年時，某日跟小朋友在花園裏玩，突然有一個孩子不小心掉進園中的大水缸，別的孩子都束手無策，只有司馬光毫不遲疑地找來一塊石頭，把水缸打破，救出孩子。

◉

某日我跟幾位朋友到湖濱野餐，當一切東西就緒，突然發現忘記帶拔軟木塞的工具，幾個人用了各種辦法都不能將瓶塞取出，這時有位老先生笑嘻嘻地走過來：「把瓶子給我。」然後毫不考慮地用叉子的柄，將瓶塞推入瓶中，並爲每個人斟上了酒。

◉

以上三個故事，給我們很好的教訓：

解決事情的方法常不止一種，能完滿地打開繩結而無損繩子，把孩子救出而不破壞水缸，把酒倒出而不將瓶塞頂入固然最好，但是情非得已時，寧可斷然採取第二種方法，而不能固執於第一個理想。

把得意時別人的讚美留給失意時用：
把敵人射來的箭接下，
作為我們兵器短缺時的武器……

印第安人的牆

沙漠的氣候非常特殊。白天，火焚的太陽經過沙石的反射和熱量的累積，能把人活活烤死；夜晚，曠野的荒寒在一無遮掩的情況下氾濫，又能把人凍僵。

◉

儘管沙漠氣候如此可怕，美國印地安人卻能頗覺安適地住在那兒，因爲他們的建築有逢凶化吉的功用。

在沙漠裏，印地安人的牆是經過特別設計的，它的厚度恰到好處——白天炙熱的艷陽曬不透那厚厚的牆壁，正將熱透時，夜晚已經來臨。於是在外面酷寒難耐的夜裏，那曬熱的土牆，正好慢慢散發出它白天儲存的熱量，使室內變得溫暖。

◉

如果那牆薄一些，白天室內就會變成烤箱，夜晚也不能散發足夠的熱力。

如果那牆再厚一些，白天固然不至於炙熱，夜晚卻因爲透不過熱力，而變得寒冷。

這一切的奧妙就在那不厚不薄的牆。

◉

無論是否住在沙漠，我們每個人都要有這麼一堵牆——

把得意時別人的讚美留給失意時用；把敵人射來的箭接下，作爲我們兵器短缺時的武器；把別人攻訐的言語化爲有用的建議；把多餘而只能造成罪惡的錢財，留給日後可能的貧困。如同印地安人把那焚人的日光，留給寒冷的夜晚一般。

從事藝術工作先求不錯，再求好，固然不錯；但是能先求好，再求不錯，未嘗不好。

好與不錯

好的不一定就不錯，錯的也不盡然就不好。

鋼琴家在演奏會中可能彈錯音，文學家在作品中可能寫別字，畫家在創作時可能有敗筆；但是如果從整體看，他彈得好、寫得深入、畫得高明，他還是好，絕不會因爲那一點小瑕疵而被否定。相反的，一個毫不錯音的演奏、沒有別字的文章、筆筆精到的繪畫，卻不見得就好。

求好心切和得失心過重的人，因爲他們審愼無比，所以常能「不錯」；但也正因爲不敢放手、不夠灑脫，而難能「眞好」。

從事藝術工作先求不錯，再求好，固然不錯；但是能先求好，再求不錯，未嘗不好。

遇到無法抵抗的情況，靜靜等待機會，
要比橫衝直撞浪費體力有用得多啊！

等待機會

某星期五早上，我在校園裏抓到兩隻蝴蝶，當我帶回辦公室，放在玻璃盒子裏，打算寫生時，由於牠們不斷振動翅膀，使我無法看清，而不得不把其中一隻抓出來，並用鎮紙將牠的兩翅壓住。寫生完畢，正巧有朋友找我出去，就把這事忘了，直到禮拜一上班的途中，才突然想起來，推開門，那在玻璃盒子裏的，早已遍體鱗傷地死了，但是回頭檢視壓在案上的那隻，竟奇蹟般地仍然活著。

◉

我興奮地把一息尚存的蝴蝶拿到辦公室外的台階上，打算爲牠拍幾張照片，未料那三天三夜不吃不喝不動的蝴蝶，突然振翅飛走了。

遇到無法抵抗的情況，靜靜等待機會，要比橫衝直撞浪費體力有用得多啊！

人就是這樣，不是不知天地之大，
但總愛把自己困在小小的圈子裏。

小圈子

一個詞，你認識、記得，卻不定屬於你，除非你在語言和作品中能活用它。

一個工具，你擁有而且會用，也不一定眞屬於你，除非你在碰到問題的時候，能立刻想起它，並拿出來使用。

◉

許多人學了成千上萬的詞，卻從來只用他慣常的那幾百個字彙；許多人天天上市場，看到各式各樣的菜，卻永遠買那固定的幾樣；許多人認識非常多的朋友，但平常交往僅止於幾個；許多人備有一大堆工具，但是碰到問題，卻想不到可以用工具解決。

人就是這樣，不是不知天地之大，但總愛把自己困在小小的圈子裏。

不會換氣的人，總還知道在沒氣的時候，
游回岸邊透口氣；卻有許多游洋水的人，
即使出不了頭，也捨不得回到岸上來。

游洋水

學游泳，最難的是換氣，許多人游了一輩子，始終無法浮出水面呼吸，只好悶著頭游，怎麼也游不遠。

出國留洋，就像是游泳，游並不難，而是出頭難，許多人游了幾十年，連喘口氣的能力都沒有。

問題是：

不會換氣的人，總還知道在沒氣的時候，游回岸邊透口氣；卻有許多游洋水的人，即使出不了頭，也捨不得回到岸上來。

決定目的、認清方向、了解細節、標出重點，指路與教書，認路與學習，方法都是一樣的。

指路與教學

當別人向我們問路時，我們多半先問他去什麼地方，而後告訴他方向，並順著當時所站的街道，予以指示。此外講解時一定不能太快，因爲對我們來說，瞭若指掌的道路，對陌生人而言，卻是一無所知的，所以除了轉彎的地方和街名，還得告訴他特別的建築或標記，使對方能認清楚。

◉

教書就如同指路，先要了解學生的志趣，然後告訴他方向，同時依他當時學習的狀況加以導引；導引時絕不能太快，除了要指示他學習的細節，並應標出重點，使他收到事半功倍的效果。

決定目的、認清方向、了解細節、標出重點；指路與教書，認路與學習，方法都是一樣的。

審查一位學者的時候，
不但要看他既出版的作品，
也要看他未完成和正在研究的東西。

儲藏室

愈是大的美術館，它的儲藏室愈大，甚至收到儲藏室的藝術品會遠超過展品的數量，所以當我們考察美術館的時候，除了展出部門的燈光、濕度、安排、照明，更得注意它儲藏部分的各種保養、修護、編號、鑑定、研究和蒐集的工作，後者愈完備，美術館愈成功。

◉

愈是學者，他儲藏的學問愈多，甚至沒發表的論文和正在醞釀的學說，會遠超過平常講述和已發表的作品，所以當我們審查一位學者的時候，不但要看他既出版的作品，也要探討他未完成和正在研究的東西。一個畢生沒出過半本書，而專志於研究的學者，雖然壯志未酬身先死，我們仍當給他很高的評價。

水不平，則生波瀾，人不平，則生變亂；國不平，則生戰爭。
使自己過得好，也讓鄰人吃得飽，
自己才能享有長久的豐足。

讓一步路

二十多年前，日本貨給美國工業極大的打擊，不僅汽車，連鋼琴、手錶和照相機都大量傾銷，使美國業者的利潤大減。

於是有些保護主義者提出限制日貨進口，以促進本國業者復甦的建議。

當我念研究所時，也有學生提出同樣的想法。

「對於一個普通的國家，是可以這麼做，但是就美國這樣一個超級大國而言，卻不能如此。」教日本經濟的教授回答：「日本食糧產量不足，工業原料缺乏，能有今天的經濟繁榮，主要依賴工業輸出賺取外匯，而美國則是他們的主要市場，如果我們突然不准日貨進口，不僅日本工業會受嚴重的打擊，隨之而來的則是經濟、民生等種種問題。保護自己當然不錯，但是絕人之路卻不聰明，尤其在這個世局動盪，必須依賴權力均衡以保持安定的情況下，我們更要作通盤的考慮。」

◉

水不平，則生波瀾；人不平，則生變亂；國不平，則生戰爭。使自己過得好，也讓鄰人吃得飽，自己才能享有長久的豐足。讓一步路給別人走，「人際」與「國際」都是如此。

除非你將火種延續下去，沒有一枝火把不會熄滅。
除非將你的令譽用來造就他人，
沒有一個人的榮譽能永久被人傳頌。

火把

你曾拿過火把嗎？你不會將火把拿在眼前來照亮自己的臉吧？因爲那只會炫花你的眼睛，卻照不亮眼前的路。

你也不會將火把倒持著照亮你的腳吧？因爲倒持的火把會延燒到你的手。

你當然是高高地舉著了，只有這樣才能照亮更大的範圍。

◉

名譽就是火把。

不要將它天天捧在眼前，那只會使你自我陶醉而再難有突破。

不要把它不當一回事，而隨意抛棄；因爲愈是有名的人，出了錯，愈易爲人們傳笑。

你應該把名譽舉在頂上，不爲照亮自己的臉，不只爲照亮自己的路，更要為大家製造光明。

◉

一枝火把能點燃千萬支火把。一枝火把也能焚燒整片的森林。用你美好的名譽，去造就更多人的美譽，而不要用你的名譽、地位和尊榮，去毀損任何看來微不足道的人。

◉

除非你將火種延續下去，沒有一枝火把不會熄滅。除非將你的令譽用來造就他人，沒有一個人的榮譽能永久被人傳頌。

在別人行義的時候，
卻對義人行不義之事的人，真是太多了。

大不義

據說某年在××市，有個婦人不小心掉到河裏，兩岸民眾嘩然圍觀，但是喊叫的人多，卻沒一個人去救，終於有位過路的軍人，脫了軍裝跳下水去，把婦人救上岸；豈料回頭卻發現脫下的衣帽和鞋子都不見了，轉身看那被救的婦人也已經離開，使得這個軍人回到營中，花了一大番唇舌向長官解釋失去軍裝的經過。

◉

最近在紐約，也發生類似的案子——

有一個小偷，偷了鞋店的兩雙鞋，但是立刻被老闆發現，小偷拔腿就跑，並把偷到的鞋子扔在路上，不過老闆毫不放鬆地繼續追下去，終於把小偷捕獲。但是當警察趕來，回頭卻找不到那兩雙丟在路上的鞋子，也就因爲沒有了鞋子的物證，而不得不將小偷釋放。

◉

有人買藥救命，有人造假藥；有善士募款助人，有惡徒偷募來的錢；有人賑濟窮苦，有人屯積居奇。在別人行義的時候，卻對義人行不義之事的人，眞是太多了。

食髓知味！這世界上的「髓」真是太多了，
只是有的髓滋補營養，有些髓腐蝕傷身，
在吃之前，先得認清楚。

食髓知味

我想許多人都有這個經驗：

當我們看到花生米、瓜子或牛肉乾這類食物，不一定會立刻想吃，但是只要一開始，便很難停下來，經常吃到一乾二淨或再也撐不下去的時候，才停止。

◉

不僅是吃，我們對許多事情都如此。譬如寫作和畫圖，未動手之前，往往並沒有創作的衝動；但是只要筆一落紙，就變得下筆千言不能自已、淋漓揮灑不知昏曉。又譬如收藏，許多人起初只是在偶然的機會買到幾件小東西，結果因爲翫而愛、愛而好，最後成了整天泡在古董店的收藏家。至於最糟糕的賭博、酗酒和吸毒更是如此，許多人原本只抱著試試的心理，但是一沾手，便耽迷其中，無法自拔。

◉

食髓知味！這世界上的「髓」眞是太多了，只是有的髓滋補營養，有些髓腐蝕傷身，在吃之前，先得認清楚。

辛是辣，辛苦刺激而傷身。
清是淡，清苦平淡而養廉。

清苦與辛苦

「清苦」與「辛苦」，看來一樣，其實大不同。

「清苦」固然苦，但是苦得清明恬澹；「辛苦」不但苦，而且窘迫辛勞。顏淵居陋巷，一簞食、一瓢飲，是清苦而非辛苦；千萬富商，汲汲營營、忙忙碌碌，是辛苦而非清苦。

◉

辛是辣，辛苦刺激而傷身。
清是淡，清苦平淡而養廉。

正因為聰明人不怕用笨方法，所以聰明。
正因為笨人自以為聰明，所以愚笨。

聰明人

聰明人常用笨方法治學，他們劃定年表、列出公式，再三假設、不斷考證，非有百分之百的把握，絕不下結論。

◉

笨人常用聰明方法治學，他們投機取巧、亂套程式，自由心證、憑空揑造，只要有幾分把握，就貿然對外發表。

◉

正因爲聰明人不怕用笨方法，所以聰明。
正因爲笨人自以爲聰明，所以愚笨。

死刑，只有懲罰，沒有教訓。

談死刑

世界上許多國家都廢除了死刑，反對死刑的人認爲，刑罰的目的，是給予受刑者懲罰和教訓，也就是「明刑弼教」；但是死刑，只有懲罰，沒有教訓。

此外，死刑是使犯人永久隔絕於社會，使他再也不能對社會構成威脅。要達到這個目的，判無期徒刑就成了，何必判處死刑呢？

◉

又有一派反對死刑的人，認爲社會應該對所有的罪犯負責任，因爲「人之初，性本善」，其犯罪不因爲他生下來就該是強盜、凶手，而是由於沒受到父母悉心地照顧、老師諄諄地教誨和社會善良風氣的誘導，所以他的犯罪，社會要負很大的責任，自然不應將他摒棄於人世之外。

◉

「欠債還錢，殺人償命」，千百年來，這似乎已經成爲當然的道理，但是在這懲戒並含有報復的死刑背面，卻有許許多多的問題。法律的精神、社會的道義、教育的功能，乃至人生不平等的遭遇，都是我們應該深思的事。

書一出版，就等於向整個學術界挑戰，怎能不愼重？

出書與講課

有位老教授，課教得非常好，卻從來沒有著作出版，某日我問他述而不作的原因。

「出書談何容易，書一出版，就等於向整個學術界挑戰，怎能不愼重？」老教授回答。

「向整個學術界挑戰？您說得太嚴重了吧？」

「事實如此，你想想看，在堂上教課面對的只是十幾個學生；出版之後，面對的卻是千萬讀者。教課時有些小錯誤，因爲一句帶過，學生多半來不及細細推敲，就算有問題，也能在堂上討論、解決，哪兒像出書之後，讀者能抱著書反覆研究；白紙印上了黑字，一點小毛病都逃不掉；而且逃得掉今人，也逃不了後人。你說書一出版，不就是向整個學術界挑戰了嗎？」

「在課堂講錯了，也得向學生更正啊！」我說。

「那是『口頭更正』！至於訂正書上的錯誤，則等於『登報道歉』。」老教授神秘地笑笑：「這兩者之間的差距可不小喲！」

能飛長程的鳥，都善於滑翔。
能成大事業的人，都善於掌握時勢。

翱翔

能飛長程的鳥，都善於滑翔。牠們多半有著寬大的翅膀和輕盈的身體，能夠在奮力振翅之後，舒展雙翼，慢慢地滑向遠方。所以在牠們遷徙的過程中，看似不斷振翅翱翔，實際許多時間都是利用空氣的浮力前進，一方面消除緊張，一方面養精蓄銳，以備另一次的振翅。

◉

能成大事業的人，都善於觀察。他們應該有豁達的胸懷和開朗的性格，能夠在繁忙中保持冷靜，掌握時代的脈動；在地利人和中，以時勢造英雄。

沒有雜劇話本的《三國志平話》和《唐僧取經》，
就沒有後來羅貫中的《三國演義》和吳承恩的《西遊記》。

說書

「說書」是我國起源很早，又影響深遠的民俗藝術；它融合了中國語文的優美節奏和精采故事，憑著說者的一張嘴，將聽眾帶入他所塑造的情境中。即使一個極簡單的情節，透過高明的說書家，也能顯得變化多端，引人入勝。

◉

據陳汝衡《說書小史》的記載，有一位說書家談「武松打蔣門神」，單單武松腳踏著蔣門神，就講了好幾天，而武松還未下手打。至於說到《珍珠塔》當中的陳翠娥，以珍珠塔持贈方卿，單單上樓拿珍珠塔，走幾步，退幾步，想想停停，就能談上三四天，而聽眾非但不覺得厭倦，反而精神煥發，興味盎然，由此可知說書人對於書中人心理的描繪與聽書者的心理掌握，有多麼成功了。至於「心到、目到、口到、手到、足到」這五到，和「吼叫、爆頭、雞鳴、犬吠、牛喊、馬嘶、狀哭、狀笑」這八技，更得樣樣精通。最妙的是據《揚州畫舫錄》記載，吳天緒說書，說到張翼德據水斷橋，只作張口怒目的樣子，卻不發出聲音，而讓觀眾自己去體會，所謂「聲不出於吾口，而出於各人之心」，可說是達到「以無聲爲有聲」的最高境界。

◉

「說書」在早期，只是口授心傳，憑著杜撰想像和稗官野史的記載，但是許多故事，經過長期改良，並注入新資料，再經文學家的記錄，竟成爲後代不朽的文學作品；我們可以說沒有雜劇話本的《三國志平話》和《唐僧取經》，就沒有後來羅貫中的《三國演義》和吳承恩的《西遊記》。講唱說書等民俗藝術，看來淺白，實在卻佔我國文學史上極重要的一席之地。

賢明的君主必須有雄厚的幕僚；
能斷的領袖，必須有輔佐的謀士。

愼謀與能斷

我們常用「愼謀能斷」這句話來讚美人。乍聽，愼謀與能斷，似乎是一回事，實際大不然。有些人能愼謀，卻不能評斷；有些人能判斷，卻不善策謀。前者由於想得太多，攪得太雜，加上優柔寡斷，常造成朝令夕改，步調不統一。後者由於不能深思熟慮，常易魯莽從事，流於倉促草率。唯有愼謀能斷的人，才能表現得既有遠謀，又見膽識，更現魄力。

◉

問題是，這個世界上，愼謀且能斷的人實在不多，因爲愼謀的人善於推想，想得太多，鑽得太深，反拿不定主意；能斷的人，善於權衡，由於他著重於大處，所以常意有未周，顧得不全。只有「愼謀」與「能斷」合作，才能擷長補短，有最佳的表現。

◉唐代名臣房玄齡、杜如晦，時人稱為「房杜」。唐太宗以他們為左右僕射，有事必與二人商量，而玄齡善謀，如晦能斷，加上太宗善任，所以能有貞觀的治世。由此可知賢明的君主必須有雄厚的幕僚；能斷的領袖，必須有輔佐的謀士。

第一等的結合，是深沈而不熾烈，
是真實而不矯情，是時時刻刻地關切，
雖威武而不能屈，富貴而不能淫。

婚姻的金屬

如果將婚姻比喻爲金屬，我的第一選擇當然是「金」，因爲它光燦而含蓄，沈重而堅實，在高壓下，它能延展；在高溫下，它不易屈服；在腐蝕下，它不易溶解。

假如求金而不可得，則我願選擇銅，因爲它雖然容易生銹，但是只要我勤於擦拭，就能常保光潔。

又假如求銅也不可得，我則要選擇不銹鋼，雖然它的光澤冷硬，但是永不生銹，無須照顧。

至於那鍍金的東西，我是不欣賞的，因爲雖然它表面華麗，彷彿眞金，但是既無金延展耐熱的特性，也無金的重量；一朝鍍金剝落，更變得斑駁可憎，無法掩飾。

◉

第一等的結合，是深沈而不熾烈，是眞實而不矯情，是時時刻刻地關切，雖威武而不能屈，富貴而不能淫。

第二等的結合，雖熾烈，但不造作，雖有時衝突，但隨即平復，彷彿植物，只要時時澆灌施肥，總能長得不錯。

第三等的結合，是生硬的，愛得雖不深，倒也能相安無事、白頭偕老。

最糟糕的結合，是虛僞的，表面親熱而內心冷淡，矯飾造作而缺乏誠意，一朝拆穿，便再也無法掩藏。

現代人彷彿水上的浮萍。
看似相聚，卻相離；看似繁華，卻孤寂；
看似無憂無慮，卻又空空虛虛。

人情

愈近商港，人情味愈薄，因爲人們今天到，明天走，商店就算賣得便宜，不見得明天你還會來；路上他向你問聲好，不見得明天還能與你相遇；所以人們最好是兩不相欠，各司其職。

愈是山村，人情味愈濃，因爲大家世代生於斯、長於斯，彼此了解得清楚，日常總是相遇，加上地處偏遠，碰到特殊情況，更得守望相助，自然情感來得深。

可惜愈到現代，愈難找到山村的精神。因爲交通發達，人們經常遷移；社會救濟制度健全，人們不必依靠親友；通訊系統發達，遇事不必求助鄰居，自然人情變得淡薄。

現代人彷彿水上的浮萍。看似相聚，卻相離；看似繁華，卻孤寂；看似無憂無慮，卻又空空虛虛。

現實生活愈平淡，愈當伴隨著一些美好的回憶。

回憶的滋味

現實是飯，回憶是菜，吃飯要配著菜吃，如同現實生活要調配著回憶。

飯愈不易下嚥，菜愈要可口或辛辣些；現實生活愈平淡，愈當伴隨著一些美好的回憶。

◉

做苦工的人總是飯吃得多、菜吃得少，才有足夠的熱量；遭遇困苦的人總忙於應付眼前的困難，便無暇沈湎於回憶。

飯吃得多的人常粗壯，只吃菜的人常纖柔；總是面對現實的人常積極，總是沈湎於回憶的人常感懷。

◉

所幸菜擺久了會變質，回憶隔久了依然醇美。於是今天無暇回憶的，明天可以掏出來咀嚼，咀嚼完了還能放回袋子，改天品嚐又是一番滋味。

回憶，眞是一道最經濟、實惠、美味且經久不壞的上上大菜。

只有在媒體不再是媒體，過程不再是過程，
神理合一、物我兩忘的時刻，
才能達到藝術的最高境界。

物我兩忘

「上場之前，我先盡量放鬆，使舞蹈的情緒與衝動，漸漸提升起來；然後我便覺得地板不再是冷硬的地板，而變成了我的朋友，它是那麼溫柔且有彈性，彷彿愛人的肌膚，張開雙臂，迎接我投入其間。於是我便輕盈地，彷彿出殼的魂魄，將自己對生命的愛，以一種渾然的姿態，融入其中。我已經忘了什麼是舞台、什麼是我；什麼是音樂、什麼是動作；因爲我就是舞，舞就是我。」一位舞蹈家說。

◉

「在我彈出第一個音之前，我先調整自己的呼吸，彷彿是弓箭手，將箭搭在弦上的一剎那；他的心不在弓，也不在箭，而在靶。同樣的，我的心不在琴鍵、不在觀眾，甚至不在音符，而在那渾然一體的愛和頌讚。這時那原本冷硬的琴鍵也便不再冷硬，彷彿正召喚我，叫我以十指、身體和全部的生命投向它，你說我還可能有什麼懼怕嗎？因爲我已不再是我，琴已不再是琴，我即琴，琴即音樂，音樂即生命。」一位鋼琴家說。

◉

當你覺得舞台是硬的，琴鍵是冷的，觀眾是可怕的，自己是怯懦的時候，絕不可能有最佳的表現；只有在媒體不再是媒體，過程不再是過程，神理合一、物我兩忘的時刻，才能達到藝術的最高境界。

人生就是如此，哭哇哇地墜地、笑嘻嘻地成長，
然後學會了各種巧笑、嬌笑、傻笑、
憨笑和假笑，笑笑地過這一生，
再於親友的哭泣中離去。

好笑的笑

每個人都會笑，但在這笑當中，卻有很大的不同。當我們幼小時，只有遇到高興的事才露出笑容，但是成年之後，有時並不愉悅，也要維持笑意。

◉

農夫漁父聽笑話時，可能暢懷地大笑；紳士淑女碰到極逗樂的情況，卻可能僅僅莞爾。所以，隨著年齡的增長，接觸社會層面的不同，我們笑的方式也會改變。女孩子由童貞地噗哧一笑、羞澀地嫣嫣一笑，到風情萬種地回眸一笑。男孩子們由小夥子的呵呵傻笑、青年豪放的哈哈大笑，到老年含蓄的莞爾一笑。此外更有嘿嘿的冷笑、無聲的竊笑、有意的嘲笑、尷尬的乾笑、無奈的苦笑。誰能說在那笑容和笑聲的背面，代表的一定是快樂？

◉

笑可能是眞實的愉悅，也可能是抽象的語言；可能是幽幽的應允，也可能是淡淡的否認；可能是無限的深情，也可能是無窮的禪理。有些人的笑，如同天眞的嬰兒，人人都能理會；有些人的笑，彷彿懷情的少女，只有她自己知道，誰能說笑都是可解的呢？

◉

笑雖然在我們的生活中佔了這麼重的分量，但是有誰能笑著來到人間？又有幾人能笑著離開世界？人生就是如此，哭哇哇地墜地、笑嘻嘻地成長，然後學會了各種巧笑、嬌笑、傻笑、憨笑和假笑，笑笑地過這一生，再於親友的哭泣中離去。

笑就是這麼好笑！

魔王的劊子手常殺好人、聖王的劊子手總殺壞人，劊子手這個工作本無善惡，善惡在對他下令的人。

劊子手與屠夫

人們總稱那些殺人不眨眼、殘害善良、無惡不作的人爲「劊子手」。但是有誰想到，劊子手只是一種職業。劊子手殺人，並非他自己要殺，是有人命令他殺。魔王的劊子手常殺好人、聖王的劊子手總殺壞人；劊子手這個工作本無善惡，善惡在對他下令的人。

◉

殺人的叫「劊子手」，殺牛羊豬的叫「屠夫」。人們似乎對屠夫也沒好感，不論中外，稱人爲屠夫，多半帶著輕辱的意味，但是沒有屠夫，誰爲我們送上宰割好的鮮肉呢？如果這個世界上沒有屠夫，而人們又不得不吃肉，只怕每個人都要變成屠夫了！

每個人有許多友情可以付出與接受，
卻沒有多少愛情能夠產生，
當你吝於付出自己的愛時，便不當接受別人珍貴的付出。

友情與愛情

大學一年級的時候，曾經有個女孩子對我不錯，平常總來拜望我的母親，並送些禮物給我。

「她送我禮物，我就得送她禮物，她來看我媽媽一次，我就當回拜一次。」我對母親說。

「那要看你跟她之間是友情還是愛情了。」母親回答：「如果只是普通朋友，這樣做當然對。但是如果你發現她對你有了愛，而你對她並沒什麼感覺，就應該在不傷對方的情況下，婉拒她的餽贈與邀約。而不能說，她來你一定要往。」母親鄭重地說：「愛情不是友情，你不要以爲她來看你一次，你去回拜一遭；她送你一份禮，你立刻辦備一份回去，就是兩相扯平，其實這只能使對方陷得更深。結果一個有情，一個無意，反而愈不平，也愈扯不清，到頭來難免由愛生怨，由怨生恨了。」

◉ 每個人有許多友情可以付出與接受，卻沒有多少愛情能夠產生，當你吝於付出自己的愛時，便不當接受別人珍貴的付出。

克服敏感這個毛病，心理也是非常重要的，
如果你的心先敏感，生理的敏感就更嚴重了。

花粉熱

美國的春天，總有許多人會患花粉熱的毛病。這種病，顧名思義，是由於人體對花粉敏感造成，症狀包括打噴嚏、流鼻水、眼睛癢、喉嚨痛及精神不振，可以說集感冒的各種不適於一身。

◉

當我被花粉熱困擾得不能工作時，有位朋友對我說了個故事：

有位牧師患了花粉熱，而他主要是對玫瑰花的花粉敏感，未料某日他上台講道，台角居然放了兩盆玫瑰花，牧師的敏感立刻被引發了，只見鼻涕直流，噴嚏不斷；勉強結束了證道，牧師很不悅地把執事找來責問：

「你明知道我對玫瑰敏感，爲什麼還放兩盆玫瑰在台上呢？」

執事苦笑道：

「我就是因爲知道您對玫瑰花敏感，所以才特別放了兩盆塑膠的假玫瑰，豈知您對假花也敏感呢？」

◉

「由此可知，克服敏感這個毛病，心理也是非常重要的，如果你的心先敏感，生理的敏感就更嚴重了。」朋友說：「放鬆自己，忘記敏感，專心工作，花粉熱的症狀常會減輕。」

早期的得意，常會阻礙我們未來的更高發展；
早期的失意，反倒可能強迫我們步上人生艱困的旅途，
登上最高的山峰。

大器晚成

常聽人說：「大器晚成。」這句話實在值得深思，舉個很簡單的例子：

甲乙二人同時自大學畢業，甲因爲才能出眾，甫離校門，就被某單位高薪網羅，多年後混到個小主管。

乙因爲才具平平，畢業後，四出尋職碰壁，賦閒甚久，於是姑且出國留學；困而學之，幾年下來，居然獲得了博士學位，回國之後，被前面所提的單位禮聘，反成了甲的長官。

◉

照以上這個故事，乙確實是大器晚成，問題是：晚成的一定是大器嗎？

當然，由此我們也得到了一個教訓：早期的得意，常會阻礙我們未來的更高發展；早期的失意，反倒可能強迫我們步上人生艱困的旅途，登上最高的山峰。

美國故總統雷根曾說：

「我當初作演員的時候，如果像現在一樣受人歡迎，就不會出來競選總統了。」

這應該是「大器晚成」又一個耐人尋味的例子。

自私的人多，解決問題的人少；
口惠的人多，實在的人少。

面對問題

當美國三里島的核子發電廠故障並危及民眾時，美國各地都掀起反核電廠的示威；而當記者訪問示威群眾時，大部分人的回答是「我家附近不要核電廠」以及「核電廠滾開」。另有些人的回答則是「反對設立核子發電廠」。只有少數人會說：「我們要節約用電並找尋新能源，以取代核子發電。」

◉

自私的人多，解決問題的人少；口惠的人多，實在的人少，許多問題就因此而永遠難以解決。

作一片平凡的葉子，豈非更值得驕傲的事？

平凡的葉子

如果你要享受寧靜，就別去作一朵花，免得蜂蝶騷擾你、頑童採摘你，當你逐漸凋萎的時候，連你的主人也以厭惡的眼光看你。

你就安心地做一片平平凡凡的葉子吧！在千萬同儕中偷偷抽出嫩芽、悄悄地茁壯、漸漸地獨立，盡你的力量製造營養、滋潤自己，也供應整棵樹的成長，然後在秋天淡淡地染上一抹嫣紅、幽幽地隨風飄落。

何必去作一朵燦爛的花？哪朵花會有葉子來得耐久呢？

何必擁有許許多多的花瓣？哪片花瓣有葉子來得結實呢？

何必去向葉子們炫耀？花朵豈知道，當她凋落後留下的果實，還需要葉子們去養育。

如此說來，作一片平凡的葉子，豈非更值得驕傲的事？

不囿於法，不囿於物，不囿於己，不囿於名。

四不囿

作爲一個成功的藝術家要能「四不囿」：不囿於法，不囿於物，不囿於己，不囿於名。

◉

不囿於法，是不爲成法所拘，化古而不泥古，師古而不復古，於自然中求規矩，於疏宕中見章法，如此才能自出機杼、另闢蹊徑，成一家之畫風。

◉

不囿於物，是不囿於物之外形，要超於象外，得其環中；於不似中求似，於無景中求景；於鬆脫中求緊密，於空靈中求意趣。

◉

不囿於己，是不可師心固執、剛愎自用，而當虛心向學、求教有方；時時反省退思、審問明辨。彷彿蟲之作繭，蝶之蛻變，一朝突破，必有大成。

◉

不囿於名，是不譁眾取寵、阿世盜名；求名而不好名，有名而不恃名，即使靠某種風格成名，也不死守這個風格以繫名。是所謂棄小名，求大名；棄今生名，求萬世名。

為政就如同辦雜誌，是辦一本傳之久遠的刊物。

為政與辦雜誌

「『爲政』就如同『辦雜誌』」。一位雜誌的主編對我說。

「你不是開玩笑吧？」我不敢苟同：「爲政是多大的事，怎能以辦雜誌比呢？」

「當然類似。」主編十分自信地講：「你想想，一篇文章從完成到付梓，要經過哪幾個過程？它們的功能是什麼？」

「經過編輯、手民和校對。編輯的工作是決定風格、路線、徵稿和審核；手民是照著稿子排版打樣；校對則是參照原稿，改正排字的錯誤。」我說。

「這不就對了嗎？」主編拍拍我的肩：「政府裡決定施政方針的領導者如主編；貢獻意見的專家如作家；審核的單位是校對；施行的機構如手民。」主編滔滔地說：「好的作者拿第一等的文章投稿，如同專家向政府提出最好的建議；好的編輯公開徵稿，並大公無私地淘汰有疵缺的作品，或退還作者改寫，如同政府公平地求才任事、決定政策方針，並與專家交換意見；好的校對，逐字細細審查，以找出錯誤，如同監察單位的督責；好的手民以最快的速度將稿子打妥，呈現在觀眾面前，如同下層機關以最高的效率推行政令、完成指標。」

「爲政就像辦雜誌，是辦一本傳之久遠的刊物。」我不得不服氣地說。

直邊的拼圖易拼，但是一拉就開；
曲邊的拼圖難拼，但是既拼上，就十分緊密。

拼圖

你一定玩過拼圖吧？那是由許多奇形怪狀的厚紙片組成，少則幾十片，多則數百片，有時要花一年半載的時間，才能拼成。好的拼圖，每一個小紙片的形狀都不同，邊緣彎彎轉轉，必須費很大的心思，才能加以組合；但是既拼成，只要牽動其中一片，整個拼圖都會隨之移動；因爲小紙片們環環相扣，十分緊密。

◉

情人的結合，就像拼圖。有時兩塊紙片的邊緣都是直的，很容易就能拼成；有時兩塊紙片的邊緣都是七彎八拐，要費一番心血才能拼成。又有些拼圖除了男女兩塊紙片，同時要包括許多親屬。

◉

直邊的紙片易拼，但是一拉就開；曲邊的紙片難拼，但是既拼上，就十分緊密；由許多紙片構成的最難拼，往往因爲拼的人功夫不夠、耐性不足，而永遠拼不成。

第一件事是拆掉平房，重打地基，
而不是急急忙忙地往平房頂上加蓋，
否則你建起的高樓一定不穩。

再入手

許多習畫的學生，起初只為消遣，日久之後，由於表現甚佳，興趣愈來愈濃，則會有作專業藝術家的想法。當他們提出這個理想時，我總會建議他們從頭檢討，把過去所有學過的一枝一葉都來個深入的反省，有不夠的就從基本再入手、再加強。

◉

「爲什麼我已經畫大幅設色的作品了，而今卻要回頭去畫小幅水墨的基本稿呢？」學生總不解地問。

「因爲當你學畫只是作消遣時，不論老師對你，或你自我的要求，都不會太嚴格；但是而今你計畫以藝術爲終身職志，則各方面的要求和條件都得改變。」我說：「好比你起初打個淺淺的地基，爲的只是蓋間平房；但是平房建好之後，又想在原地起棟高樓，這時你不但得把平房拆除，而且要重新打更深的地基才成。所以你現在計畫以藝術為終身奮鬥的目標，第一件事就是拆掉平房，重打地基，而不是急急忙忙往平房頂上加蓋，否則你建起的高樓一定不穩。」

同事不難、同步難；混合不難、化合難。

同心與同步

有一種遊戲，是兩個人並排站，再把相鄰的兩隻腳綁起來行走。這種情況就算二人配合得極嚴密，也不可能跑得很快；至於三、四人用同樣的方法綁著走，就更不用說了，恐怕走不了幾步，就會有人摔倒。

◉

遠的距離，讓幾個人接力跑，總比一個人省力。

重的東西，由幾個人抬，總比一個人輕鬆。

但是爲什麼幾個人併步跑，反而比一個人慢呢？如果大家跑得一樣快，抬腿一樣高，落足一般重，最少也應該跟獨自跑沒有差異才對呀！

由此可知，同事不難、同步難；混合不難、化合難。

人生像一場賭博，生命是我們的籌碼，
雖然起初每人的籌碼大約相同，
賭的久暫和生命的長短卻大有差異。

人生的賭博

人生像一場賭博，生命是我們的籌碼，雖然起初每人的籌碼大約相同，賭的久暫和生命的長短卻大有差異。

有些人愛豪賭，下的注大，固然刺激強、贏得多，卻常輸得快；有些人只是小玩，他們雖然下的注少，贏不了許多，卻常能玩得久，而樂在其中。

◉

天才如李賀、梵谷屬於前者，知足常樂的小民屬於後者。

前者早早地賠上生命，卻贏得千古的名聲；後者雖然平淡，卻換得閒適的人生。

只有在受環境干擾下，
仍然能侃侃而談的人，
才能成為真正的演說家。

訓練演講

學生時代有不少老師指導我演講，其中對我影響最大的，要算是小學的裘老師了。

裘老師起初都在教室裏指導，但是當我練習得差不多的時候，她則把我帶進福利社表演。福利社裏的嘈雜是可想而知的，吃東西、找錢、嘻笑、叫嚷和開汽水的聲音，眞是使我極不舒服，我曾多次向裘老師抗議，但是老師說：

「只有在受環境干擾下，仍然能侃侃而談的人，才能成爲眞正的演說家。」

果然在她的指導下，我連獲了兩屆台北市演講比賽冠軍，並因她的影響，使我在高中時得到全台灣第一名。

一個不能「攸好德」的人，就算富貴榮華、長命百歲、壽終正寢而且死後哀榮，仍稱不上「五福」，只有加上他本人的懿善懿德，才能完備。

五福臨門

我們常說「五福臨門」，但是知道「五福」爲哪五種福的人卻少之又少。

◉

據書經記載：「五福，一曰壽，二曰富，三曰康寧，四曰攸好德，五曰考終命。」翻成白話就是要長壽、富貴、健康平安、好德，並得善終。其中四種「福」都與命運有關，唯獨「攸好德」屬於個人的修養，也就從這一項，可以見出中國人對於進德的重視。一個不能「攸好德」的人，就算富貴榮華、長命百歲、壽終正寢而且死後哀榮，仍稱不上「五福」，只有加上他本人的懿善懿德，才能完備。

當別人祝我們「五福臨門」的時候，我們最要自省的就是有沒有「攸好德」啊！

「只重衣冠不重人」，
不但反映了人們的道德和經濟的狀況欠佳，
也反映出這個國家推行民主均富的成果不好。

只重衣冠不重人

一個國家的人民如果能做到不以衣冠取人，表示這個國家一定就業機會均等、貧富懸殊不大，而且國民所得都在相當的水準以上。

因為只有在人們認識到職業無尊卑貴賤之分，不論一個人做多麼普通的工作，他的薪水都不至於差到哪裡去，每個人都對自己的工作有自信和自尊時，才不會以自己穿著破舊為恥，也不致以他人衣著隨意為譏。

◉

「只重衣冠不重人」不但反映了人們的道德和經濟狀況欠佳，也反映出這個國家推行民主均富的成果不好。

會用腦的人，能把知識分門別類整理得有系統、
思想得有條理、分析得很清晰；
而且懂得溫故知新、不斷充實，使觀念永不落伍。

頭腦的倉庫

管理倉庫是一門很大的學問。會管理的人，能把貨物分門別類，依其重要性及取用的情況安排，而且隨時注意通風及溫濕度，以免貨物霉爛，更不時將貨物拿出來清理，使貨物保持好品質。

◉

不會管理的人，只知將貨物往倉庫裏堆，卻不懂得分類，造成用的時候找不到，或擋了以後進貨的路。

◉

人的頭腦就像倉庫，可以堆藏各種知識和記憶。會用腦的人，能把知識分門別類整理得有系統、思想得有條理、分析得很清晰；而且懂得溫故知新、不斷充實，使觀念永不落伍。

◉

不會用腦的人，即使天生聰明也沒用，因爲他胡亂吸收，卻不知整理，結果彷彿樣樣都通，卻沒一樣專精。最糟的是，這些人雖然有很好的頭腦，卻因爲涉獵太雜，造成干擾太多，影響以後的學習。

◉

人人都有個寬大的倉庫。小時候倉庫很空，要堆什麼都容易，所以記憶力特強，也容易被塑造；但是如果從小不注意「倉管」，未來就會碰到大麻煩。這時最好的方法，是把倉庫中的貨物來個大整理，將霉爛過時的東西拋棄，將有價值的重新分類。這樣做，固然用掉不少時間，但唯有如此，才能眞正擁有知識的寶庫。

硬填鴨的學問，
遠不如「真積力久」來得深入。

螺絲釘

你一定旋過螺絲釘吧！那麼你必然知道最好的方法是先找定位置，用鎚子敲兩下，使釘頭剛好嵌入，再用螺絲刀在不讓釘子傾斜的情況下，用力壓著釘子，並轉動起子，使釘子由於螺旋的作用而平穩地進入。

◉

做學問就像旋螺絲釘。先要找對目標，克服初學的障礙，再把握正確的方向下工夫。

◉

螺絲釘要慢慢旋入，學問也當慢慢地鑽研，不能囫圇呑棗、臨時塡鴨。因爲「強打進入」的螺絲釘遠不如「慢慢旋入」的結實；硬塡鴨的學問，遠不如「眞積力久」來得深入。

有幾個人會因為橋不好，而回頭修補，甚或重造一座呢？

過河罵橋

很少聽見重病的人抱怨藥的副作用，卻常遇到已將痊癒的人，罵醫生用藥太重。

很少聽見急於用錢的人嫌貸款的利息太高，卻常遇到度過經濟難關的人，罵當初借錢給他的人沒良心。

很少聽見飢餓的人嫌東西不好吃，卻常遇到放下空碗和筷子的人，罵調味太差。

◉

藥是他們自己請求的，而且服用之後治了病；錢是他們自己要借的，而且幫他們度過了難關；食物是他們自己要點的，而且吃了之後不再飢餓。如此說來，就算藥有副作用、錢是高利貸、飯是下等米，又有什麼好怨的呢？

◉ 從前在新店碧潭的下游，常有船家向那些控制不住船，而將被沖下險灘的人「講價救命」，急難者當時雖然答應，獲救之後卻常反悔，連岸上的遊客，也會怨船家見利忘義。那些人罵得固然不錯，可是有幾人脫下衣服跳水救人呢？

◉ 人們常說「過河拆橋」。據我看，過河拆橋的人不多；過河之後，罵橋造得不好的人倒不少，問題是：有幾個人會因爲橋不好，而回頭修補，甚或重造一座呢？

「過河罵橋」，這是值得我們檢討的一件事。

逛博物館的人，大約可以分為「鑑」與「賞」兩種。

鑑與賞

逛博物館的人，大約可以分爲「鑑」與「賞」兩種。

「鑑」的人，早具有很好的知識背景。他們進入美術館彷彿到了實驗室，對每件展品都要細細審視，連說明文字也一行不漏，甚至作下筆記、拍攝照片，以便日後研究。

「賞」的人，不一定對展品有深入的了解。他們常存玩賞的想法，進入博物館，只覺琳琅滿目、美不勝收，千奇百怪、目不暇給，走馬看花，倒也趣味無窮。

◉

「鑑」與「賞」這兩種人各有所得，也各有所樂。不過前者在鑑評之餘，如果能作番純美的欣賞；後者在賞玩之先，若能找些介紹博物館的書看看，或觀賞之後帶回簡介閱讀，必定能有更豐富的收穫。

愈是高的建築，愈需要避雷針；
愈是成功的人，愈需要精神的寄託。

避雷針

你注意過避雷針嗎？

那只是一根長長的針，安置在高聳的樓頂或塔尖，由於它會徐徐放電，所以能避免雷擊的危險。

你知道每個人都當準備一枝避雷針嗎？那可能只是一種嗜好或消遣，使你在怒氣高漲時，能夠得到平息。

◉

運用小小的避雷針把危險的電緩緩放掉吧！運用精神的寄託，把危險的憤懣慢慢化解吧！

而且你要記住：愈是高的建築，愈需要避雷針；愈是成功的人，愈需要精神的寄託。

本來可以辦得極美好的事，
常因為只求做得漂亮，而未能盡善。

漂亮與美

「漂亮」不是美。前者偏重表面的粧扮和技巧，後者偏重內在，除了表形之外，更能耐人尋味。所以美的人，比漂亮的人來得幽閑雅麗；美的圖畫比漂亮的圖畫來得蘊藉深沈；事情做得美好要比做得漂亮更實在而完滿。

◉

問題是：世上美的人少，漂亮的人多；美的風景中，常蓋上幾棟不相稱的漂亮房子；美的首飾，常爲了打扮漂亮的人；本來可以辦得極美好的事，常因爲只求做得漂亮，而未能盡善。

漂亮有時眞是美的敵人哪！

即使面臨無可避免的失敗，也要選擇較佳的方式。

衡情度勢

「如果你發現手上的托盤不穩，而已經來不及救的話，該怎麼辦？」有位朋友到餐館應徵打工，餐館老闆在口試時問。

所有應徵的人都答不出。

「這還不簡單嗎？」老闆說：「運用剩餘的一點力量，使托盤倒向走道或沒有客人的地方，而不要倒向客人。」

「如果四周都是客人，怎麼辦呢？」我的朋友問。

「倒向大人而不要倒向小孩，倒向男人而不要倒向女人，倒向客人的身體，而不要打到他們的頭。」老闆說：

「即使面臨無可避免的失敗，也要選擇較佳的方式。」

老年人不再好奇，只求平穩與安全；
小孩子一心好奇，不怕冒險；
中年人則既好奇、又穩健，也有擔當。

好奇心

有位朋友帶著老母及幼子從台灣來美觀光，我到旅館拜望，特別帶了一籃水果，其中有梨、橙子和無花果。

當我請他們吃水果時，老太太毫不考慮地拿了梨，說：「我挑梨，因爲我吃過。」

小孩毫不考慮地拿了無花果：「我拿無花果，因爲我沒吃過。」我的那位朋友則沒有挑：「我等一下再拿，看看孩子的反應，如果他說無花果好吃，我就也拿個無花果；如果他說不好吃，我則把他剩下的一半吃掉。」

雖然這只是生活中的小事，卻表現了多麼深長的意味啊。老年人不再好奇，只求平穩與安全；小孩子一心好奇，不怕冒險；中年人則既好奇、又穩健，也有擔當。

對同一種表現，
有的人會認為「不夠好」，
有些人會說「不算差」

敗部冠軍

有位做生意的朋友，每當客戶抱怨他出貨的水準太差時，他總是回答：「你不要怨了，在好的裏面，我雖然是最差的，但是在二流的工廠中，我卻是最好的；你既然要便宜貨，只有到二流工廠來買，又捨我其誰呢？」而每當我責怪他不提高品質的時候，他一定說：「慢慢來，何必急呢？先拿敗部冠軍，再爭勝部冠軍。」像是很有道理。

問題是好幾年過去了，許多二流工廠都成爲一流，只有他仍然停在原來的水準。

對同一種表現，有的人會認爲「不夠好」，有些人會說「不算差」。前者總是不滿足，所以自我鞭策，進步快；後者總是自我妥協，因爲一開始就不求勝，即使拿到了敗部冠軍，只怕跟勝部一交手，還是要退下陣來。

一開始便認為必然，
太熟了之後認為當然，
久而久之便不知其所以然。

過熟

水果要熟，但是不能過熟，因爲過熟則爛。
朋友要熟，但是不能過熟，因爲過熟則狎。
讀書要熟，但是不能過熟，因爲過熟則泥。
技巧要熟，但是不能過熟，因爲過熟則流。
所以在水果店很少有人挑熟透的水果，因爲那些水果買了得立刻吃，是不堪放置的。
所以古人說君子之交淡如水，小人之交甜如蜜，因爲蜜過了頭會膩，反不如知心而不貼膚的朋友來得久長。
所以古人說「盡信書不如無書」。因爲人們對倒背如流的作品，反而少去省思。結果一開始便認爲必然，太熟了之後認爲當然，久而久之便不知其所以然。

每當我想到過去，我便知道謙虛，
我便知道同情那些行動比我遲緩的毛蟲。

蝶的自述

我是一隻五彩斑斕的蝴蝶，人人都說我美麗，但是在我記憶的深處，我曾經是一隻行動遲緩的毛蟲，受到人們的詛咒。

◉ 直到我自己做了一間斗室，苦苦地躲在其中，反省與自修之後，我才能擁有今天。

◉ 每當我想到過去，我便知道謙虛，我便知道同情那些行動比我遲緩的毛蟲；每當我想到過去啃食葉片的舉動，我便覺得羞愧，並以傳播花粉來補償我的過失。

瘋而不知瘋才是真瘋；醉而不知醉才是真醉；錯而不知錯才是真錯；不知而不自知其不知，且自以為知，才是真的不知。

自知之明

許多人都有健忘的毛病，最嚴重的是某些人竟然健忘到忘記自己有健忘的毛病，於是當他忘記了約會時，不但不知表示歉意，反而硬說根本沒有約；當他的允諾未實現時，不但不知補償，反怪對方誣賴；直到別人拿出證據，才驚訝地發現是自己犯了大錯。

◉

許多人都有固執的脾氣，最嚴重的是某些人固執地不承認自己固執。於是當他固執時，連最親近的人也說不上半句話；當他固執以致犯錯的時候，硬不承認錯誤是由於他的固執。甚至別人拿出眞憑實據來說服他時，他都固執地不願意看。

◉

如果健忘的人能自知有健忘的毛病，就不能算眞的健忘者，因爲他總能自我提醒，是不是又忘了什麼，忘的事自然會減少。

如果固執的人能自知有固執的毛病，就不能算是眞正的固執，因爲他即使在人前不認錯，背地也會檢討。

◉

瘋而不知瘋才是眞瘋；醉而不知醉才是眞醉；錯而不知錯才是眞錯；不知而不自知其不知，且自以爲知，才是眞的不知。

外面表現的一切固然重要，
但更當配合自己的心性，
否則就失去了人生的意義。

形式與機能

建築界有一句話：「形式跟隨機能」。

意思是：設計一棟房子，外形固然要美，但更得配合內部的功能，否則就失去了建築的目的。

◉

我們作人，則當「形式跟隨心性」。

意思是：外面表現的一切固然重要，但更當配合自己的心性，否則就失去了人生的意義。

即使今夕萍水相逢，明朝海角天涯，
依然能留下一分意味深長的「情」；
即使勞燕分飛、破鏡難圓，
仍然有一分無可反顧的「義」。

緣、情、義

人與人總脫不開「緣」、「情」、「義」三個字。因爲芸芸眾生、茫茫人海中，二人能夠相遇，是「緣」。投「緣」既久，自然產生「情」，情感日深也就相互有了「義」。

由此可知，情必因緣而生，義又總由情而起；問題是當有一天，兩人的「緣」、「情」有了變化，怎麼辦？

◉

譬如一對男女，由相遇、相愛而結合。但是相愛容易，相處難，婚後發現兩人在習慣、性情各方面有許多不協調的地方，雖然想盡辦法彌補、配合，卻始終不對勁，最後終於協議分開。這兩個人不是情感有了變化，只是屬於相聚與默契的那點「緣分」不足，可以說是「緣盡情未了」。

◉ 又譬如這二人分開之後，各自再找到伴侶，把彼此原有的那點情分也淡去了；但是當有一天對方遭遇困難，彼此還是傾力相助，這則是所謂「情斷義未絕」。

◉ 由以上的例子可以知道，沒有「緣」固然難生「情」，沒有「情」也無由生「義」，但是緣、情、義既然已經產生，即使一朝前面的「緣」或「情」有了變化，後面的情義還是存在的。

反過來看，大部分的昆蟲，只有相遇的緣而沒有相愛的情；大部分的禽鳥雖或有相愛的情，卻無堅守的義；便是高等的動物，一朝情斷，也跟著義絕。豈像我們人類，即使今夕萍水相逢，明朝海角天涯，依然能留下一分意味深長的「情」；即使勞燕分飛、破鏡難圓，仍然有一分無可反顧的「義」。

唯有那不卑不亢、曖曖含光且堅貞不移的君子，
能像溫潤發墨的端溪紫雲，
貯墨不乾、經冬不凍、無雨而潤，
既是冰肌玉骨，又如暖日和風，令人愛不忍釋。

硯與人

硯是文房四寶之一，其種類之多、製作之精，不在筆墨紙之下。硯從材料分，有石硯、玉硯、瓦硯、鐵硯乃至塑膠硯；從樣式分，有方硯、長硯、圓硯、硯池、硯山及各種造形雕飾；因出產地的不同，有端硯、歙硯、洮石和螺溪硯等等❶；由色彩分，有綠的「蕉葉白」、藍的「天青」、白的「冰片」和暗紅的「紫雲」❷等。但是無論硯的種類有多少，最重要的是，好的硯必須做到「發墨而不損毫」。

◉

能發墨的硯，磨不了許久，墨便能黑；不損毫的硯，能掭筆其上，而不傷毛。所以光滑如玻璃的硯不能用，粗如礪石的硯也不足取，鬆如磚土的硯更不可試；必須做到溫潤均勻、軟硬合度，如玉肌膩理、拊不留手，才是上品。

◉硯就像人，巧言令色、圓滑佞孌之輩，如同光亮的塑膠硯，雖然漂亮，卻難得磨出好墨；剛愎固執、暴躁衝動的人，彷彿礪石硯，固然易磨，卻質粗而傷筆；隨風傾倒、一無氣節的人，是磚土硯，就算發墨且不傷筆，卻因為鬆軟掉粉而弄髒了墨。唯有那不卑不亢、曖曖含光且堅貞不移的君子，能像溫潤發墨的端溪紫雲，貯墨不乾、經冬不凍、無雨而潤，既是冰肌玉骨，又如暖日和風，令人愛不忍釋。

註：

❶端硯產於廣東高要縣之端溪，歙硯出於安徽婺源之歙溪，洮石產於甘肅之臨洮，螺溪硯採自台灣的濁水溪。

❷見唐代李賀〈石硯歌〉：「端州石工巧如神，踏天磨刀割紫雲。」

陶淵明的〈桃花源記〉與〈釣雪〉相配，
真可以說是詩文中對於視覺空間處理的兩大不朽之作。

桃花源記

〈桃花源記〉眞是中國文學史上不朽的作品。不但可以見到陶淵明新奇的構想、託喻的涵義和精煉的文句，更可以欣賞他對音響、視覺與空間的處理，譬如文中第二段：

「初極狹，才通人；復行數十步，豁然開朗。土地平曠，屋舍儼然，有良田、美池、桑、竹之屬。阡陌交通，雞犬相聞。其中往來種作，男女衣著，悉如外人；黃髮垂髫，並怡然自樂。見漁人，乃大驚，問所從來；具答之。」

在聽覺上，他將「土地平曠、屋舍儼然，有良田、美池、桑、竹之屬」靜態的描寫放在前，而把「阡陌交通、雞犬相聞」置於最後。

在視覺上，他將由遠而近的觀眾，如電影鏡頭一般依序帶到觀眾眼前——

土地平曠（大遠景的第一印象。）

屋舍儼然（大遠景，開始注意到屋舍。）

有良田美池（大遠景，但進一步觀察了良田美池。）

桑竹之屬（遠景，看得更細了。）

阡陌交通（遠景，動態開始出現。）

雞犬相聞（中遠景，走得近些，並能聽到雞犬的叫聲。）

其中往來種作，男女衣著，悉如外人（中景，所以能觀察人們的衣著。）

黃髮垂髫（近景，走得更近了，已能觀察髮式、年齡。）

並怡然自樂（近景，可以見到臉上的笑容。）

見漁人，乃大驚（近景，由於已走得很近，所以被桃花源中人發現。）

◉

由以上的分析，可以知道，〈桃花源記〉雖然是虛構的故事，但陶潛在寫作時，卻考慮到每個細微的部分，使意象明朗地呈現在讀者面前，自自然然被引入故事當中。

有人分析柳宗元的〈江雪〉，由「千山鳥飛絕，萬徑人蹤滅」，到「孤舟簑笠翁，獨釣寒江雪」，爲由遠而近、由大而小；陶淵明的〈桃花源記〉與〈釣雪〉相配，眞可以說是詩文中對於視覺空間處理的兩大不朽之作。

冒險犯難的人，雖然常會遭遇嚴重的挫折，但是總能有驚人的斬獲；只求安逸的人，雖然過得平穩，但也難有大的創造。

蜘蛛網

有些蜘蛛喜歡在樹木間織網，但是風雨一來，網就會破損，而不得不重新織。有些蜘蛛喜歡在屋簷下張網，由於屋簷的遮蔽，除非有大的風暴，那網是不易損壞的。更有些蜘蛛愛在室內織網，牠們選擇人們不太注意的角落，織起小小的網，儘管外面風狂雨驟，總是無憂無慮。

在樹木間織網的，常能抓到蜻蜓、蟬、金龜子等大的昆蟲；在簷下織網的常能捕到飛蛾、蒼蠅等中型的昆蟲；在屋裏織網的則只能碰上倒楣的蚊蟲。

◉

冒險犯難的人，雖然常會遭遇嚴重的挫折，但是總能有驚人的斬獲；只求安逸的人，雖然過得平穩，但也難有大的創造。

我們必須不斷地權衡輕重得失，
以決定犧牲的分量和等級。

權衡輕重

女詞人李清照和她的丈夫趙明誠，是中國歷史上有名的收藏家。據〈金石錄後序〉記載，當建炎三年，趙明誠與李清照告別時，曾叮囑他的妻子：「如果時局愈來愈緊，不得不跟著大家一塊兒逃難，爲了輕便，可以先把輜重丟掉，然後拋棄衣被；如果還不得已，則將收藏中的書冊卷軸扔掉；再不得已，只好犧牲古器物。唯有所謂宗器，必須隨身攜帶，寧可負抱著與身俱亡，也不能將它失去。」

在我們一生中，不是都可能遭遇爲顧全大局，而犧牲小處的情況嗎？我們必須不斷地權衡輕重得失，以決定犧牲的分量和等級。

爲了工作，我們可以犧牲娛樂；爲了孩子，我們可以犧牲睡眠；爲了保全生命，我們可以拋棄身外之物。但是當我們遇到比生命更寶貴的事物時，則不得不犧牲生命。

拿破崙是由砲兵幹起，
卓別林是從跑龍套的演員起步，
如果他們當年不遷就那個低微的工作，
可能有日後的成就嗎？

低不就則高不成

人們常說：「高不成，低不就。」我則愛講「低不就，高不成。」因爲一個人如果不願意遷就較低的工作，就往往不能在未來有更高的發展。

◉

「登高自卑」，蓋高樓的第一步不是往上搭建，而是向下挖掘。

拿破崙是由砲兵幹起，卓別林是從跑龍套的演員起步，如果他們當年不遷就那個低微的工作，可能有日後的成就嗎？

所以我要說：

「低不就則高不成。」

人常因為過度發展武力，而自我毀滅。

自我毀滅

鹿常因爲角太長，而纏身灌木叢中跑不出；
龍蝦常因箝子太大，而被拖累得逃不掉；
鬥魚常因爲攻擊魚缸上自己的影子，而活活撞死；
人常因爲過度發展武力，而自我毀滅。

許多錯誤，平時看不出來，
犯錯的人還可能自認瀟脫，
只有遇到最嚴格的考驗，才會顯出弱點。

小錯大誤

用兩根手指打字，練熟了，也能打得滿快。
以狗爬式游泳，游久了，也能浮潛自如。
垂著兩肘彈鋼琴，彈慣了，也能彈得不錯。
問題是：
你想精益求精，更上層樓，就不可能了。

◉

許多錯誤，平時看不出來，犯錯的人還可能自認瀟脫，只有遇到最嚴格的考驗，才會顯出弱點。

求大同，是往大的地方求同。

求大同

人是一種天生就喜歡拉關係的動物。

小孩子看戲，常先問誰是好人，然後在心中幫著好人打壞人；成人看球賽，往往先決定自己要站在哪一方，如果與兩隊都沒關係，也要設法選一隊去「偏心」，才覺得有意思。陌生人見面，扯親戚、攀同鄉、拉關係，管他是「八竿子打不著」的遠親、「鍋鏟相聞，不相往來」的近鄰、前後相差三四十年的校友，乃至同種香煙的嗜好者，只要碰對了機會，就能拉上關係；而這「拉上關係」四個字的另一個意思，則是推開那些沒有關係的人——

「他是東村的人，跟咱們不喝一口井的水，所以長相不善。」

「他是住在河下游的人，專喝咱們的洗腳水。」

連同村的兩口井，同鄰的一條河，都要分得厲害，何況隔幾重山、幾重水了。

◉

什麼是拉關係？拉關係只是求同，但是同中有異、異中也有同，所以這「同」永遠不能同到底。由同一國人，拉到同一省人，拉到同一鄉人、同一村人，就算是同一家人，各人還是各人，究竟無法完全相同，反而在這一心求同的過程中失去了大同。

◉

求大同，是往大的地方求同。譬如「四海之內皆兄弟也」，這「四海之內」就是大同；「生於今世，便是緣」，這「生於今世」就是大同。想想這宇宙有多麼大，古往今來有多麼久，偏偏我們能同生於今世，生在這同一個星球，不是緣、不是同嗎？爲這一分「同」而珍重、互愛，就會趨於大同世界了！

使老一輩能靠年輕人的衝力，衝得快些；
也使年輕人能因老一輩的督責，跑得更穩。

駕馬車

駕馬車的人都知道，如果他駕的是四騎並行的大車，一定要將年輕力壯的馬放在中間，年紀較長的馬安排在兩側。因爲年輕的馬，力量強、跑得快，卻不夠穩；遇有外來的刺激，常會驚跳嘶鳴。所以最好安排那些經驗老到的馬在兩側，一方面阻隔外來的侵擾，一方面管束年輕的馬向左右奔竄。

◉

聰明的領導人都知道，如果安排一組人去辦事，一定要把年輕人與年長者安排得妥當。讓年輕人以他們充沛的活力向前衝；讓年長者以他們的深謀遠慮來制約；使過剛的能較軟化，過速的能較緩和，過激的能夠平穩；使老一輩能靠年輕人的衝力，衝得快些；也使年輕人能因老一輩的督責，跑得更穩。

你可以沒有最輝煌的結束，
但不能沒有閃耀的過程。

閃耀的過程

如果你去阿里山旅行，獲得的快樂，一定不只是日出和雲海，而是一路上的點點滴滴。所以你在去阿里山之前，可以想「我此行主要是爲看看那有名的日出和雲海。」但是當你結束旅程時，所擁有的，卻包括了一花、一草、一石、一木、一聲驚雁、一縷雲煙、一翦輕波，乃至一聲小販的叫賣；雄壯、秀麗、開闊、幽邈、明朗、窈遠、疏宕、孤危、和煦、蕭颯的種種感受，織成了你愉快的旅行，又豈是朝起的日出和入晚的雲海所能完全包括的呢？

◉

人生就是一段旅程，或許你早就找到終身奮鬥的目標，許下了宏大的志願，但是在向理想邁進時，也不能忽略身邊許許多多令人驚喜的事物。如果你對它們一無所感，就算達到自己奮鬥的目標，也算不得完成了一個充實的生命之旅。

◉

生命是由不斷發現、不斷學習、不斷創造、不斷完成累積的；在這個過程中你可以有最高的理想，但不能只有唯一的目的；你可以沒有最輝煌的結束，但不能沒有閃耀的過程。

在這個知識爆發的時代，
我們絕不能顓頊自大，
那非但不能恢復民族自信，
反而會讓我們瞠乎人後。

假象

在國內常看到珠算對抗電子計算機的表演，結果多半是珠算獲勝，造成觀眾以爲算盤遠比計算機高明的錯誤印象。

其實只要我們細想，就會發現那並不是一項公平的競賽——

首先，主辦單位找的總是珠算的頂尖高手，對抗的卻可能只是平凡的計算機操作人，在實力上已經不相當。其次，他們比賽的題目往往只是加減乘除，卻不包含開根號等複雜的計算，可以說在競賽內容上有偏差。第三，大家在以爲算盤比計算機高明的同時，要知道學珠算由背公式到練習撥子，要多長時期的練習，計算機卻人人很快就能操作。

◉

由此可知，算盤雖然高明，畢竟比電子計算機差一截，更不用說與電腦相較了。在這個知識爆發的時代，我們絕不能顢頇自大，那非但不能恢復民族自信，反而會讓我們瞠乎人後。

如果你想造就一個人，必須先認清他的資質。

攝影之道

如果你想拍一張好照片，必須先選擇適當的底片。因爲你不能用黑白的底片拍出彩色，也不能用已過時的底片，攝出準確的色彩；其次，你要有好的相機，因爲你不可能用一架鏡頭模糊、焦距不準、快門不對的相機，拍出清晰的畫面。此外，你還得有好的技巧和構想，才能攝取最佳的角度、表達最深的情思。

◉

如果你想造就一個人，必須先認清他的資質。因爲你不能強迫五音不全的人成爲聲樂家，也不能教一個毫無邏輯細胞的人去寫電腦程式；其次你要讓他在適當的環境，使潛力得以發揮，才華得以表現。你更要給他好的導向和教育，使他站得直、行得正，對社會有最大的貢獻。

虛心地接受、小心地選擇、衷心地採納。

接受批評

接受批評，眞是門大學問。

有的人剛愎固執，受不得半句批評；有的人虛懷若谷，能夠察納雅言；有些人正面千恩萬謝地接受，轉身就忘得一乾二淨；有的人正面死不認錯，背地卻能細細檢討。

◉

以上四者都不能算是懂得接受批評的人，因爲第一和第四者沒有接受批評的雅量，顯得風度不佳；第二者沒有審度批評的能力，容易隨風傾倒；第三者沒有採納批評的誠意，只是巧言令色。

◉

那麼怎樣才是面對批評的態度呢？

虛心地接受、小心地選擇、衷心地採納。

新的雖多半經由老的產生，
但是老而不變的，後來卻可能成為新的阻力，
文化、經濟、政治，都如此。

建橋拆橋

「沒有農業社會繁榮造成的經濟力量，就不可能順利地走入工業社會；沒有工商業的發展，則不可能建築高速公路；但是建築高速公路時，徵購了農地，建成之後，又不准耕耘機在上面行走。」一位務農的朋友對我說：「這不是過河拆橋，太沒道理了嗎？」

「當我小時候，家附近有一條木橋，雖然建得不怎麼樣，卻是交通的要道。有一天，聽說在橋的那頭決定建工廠，過不久，就看到許多卡車載來各種機器和建材；由於那些車子特別重，等工廠建好時，原有的木橋已經破損了；加上工廠的生意興隆，進出貨物甚多，兩年後，那木橋已不堪負荷，終於由工廠出錢把原有的木橋拆除，改建一座鋼筋水泥橋。」我說：「這不是過河拆橋，而是『建橋拆橋』。同樣的道理，工商業繁榮也改善了農村的生活，以耕耘機取代耕牛，以化肥配合堆肥，加上殺蟲劑、品種改良、交通運輸和通訊的發達，都使原有的農業社會改頭換面。所以這是建橋拆橋，與過河拆橋大不相同。」

◉

新的雖多半經由老的產生，但是老而不變的，後來卻可能成爲新的阻力，文化、經濟、政治，都如此。

寫回憶錄不僅是晚年的事，也是早年的事；
不但是自己的事，也是他人的事；
不僅是悠悠的回憶，也是真真的記錄。

回憶錄

人人都能回憶，所以人人都能寫回憶錄，甚至不識字或無力執筆的人，也能通過口授的方式，完成一本回憶錄。

◉回憶錄的種類很多，有些人的回憶錄是通過以前的生活，發抒自己的感懷，所以看來像是一本論文集；有些人的回憶錄，人、地、事、時、物記錄得一點不差，卻只記事而無感懷，看來只是流水帳；有些人或因記憶不佳，或因意圖宣傳，雖稱之爲回憶錄，內容卻以杜撰虛構的爲多，只能算是小說。

◉問題是，回憶錄既爲生活的回憶錄，就少不得涉及他人，如果內容失實，非但不能記錄眞正的自己，別人也難免受影響。所以寫回憶錄非但要對自己負責，對親友負責，甚至得對歷史負責。寫回憶錄不但在寫的時候要力求回憶得清楚、查證得詳實、記錄得準確，甚至在極早之前，就應當寫日記、留箚記，並收藏與自己相關的資料。

◉

寫回憶錄不僅是晚年的事，也是早年的事；不但是自己的事，也是他人的事；不僅是悠悠的回憶，也是眞眞的記錄。

既然難要求一個人既體貼又溫柔，
最好作先生的能體貼，作妻子的能溫柔；
一個主動地周到，一個被動地柔順，家庭自然容易和諧。

溫柔與體貼

我們常用「溫柔體貼」這個詞。乍看，溫柔與體貼似乎不可分，事實卻有很大的差距。

◉溫柔是溫和、柔順，在感覺上屬於被動。一個曲意承歡、言語委婉、對長輩或丈夫言聽計從的女子，我們可以稱之為溫柔。

體貼是體諒、貼切，在感覺上屬於主動。一個思維細密、禮貌周到、能處處為別人著想的，可以稱為體貼。

◉溫柔的人未必體貼，因為他主要是被動地順從，而非主動地體貼；他多半能聽話做事，卻缺乏獨立行動的衝力，自然比較不會體貼。

相反的，體貼的人未必溫柔，因為體貼的人能獨立思考、主動辦事，把大大小小辦得停停當當、貼貼切切，固然無須對方勞心，但也常大權在握，難以表現溫柔。

◉

由此可知，溫柔與體貼是兩回事，既然難要求一個人既體貼又溫柔，最好作先生的能體貼，作妻子的能溫柔；一個主動地周到，一個被動地柔順，家庭自然容易和諧。

夫妻之間相像，不如相配；
若能彼此擷長補短，更能成「天作之合」。

天作之合

常聽人說：「夫妻要愈像愈好。」我卻不以爲然。

我覺得夫妻能長得像，固然不錯，但是脾氣、喜好不見得要安全一樣，甚至有相當大的差異，反而更佳。

◉

譬如先生的脾氣暴，假使妻子的性情也躁，自然容易吵架，遠不如一個人剛烈，一個人柔順來得好。

譬如丈夫愛吃香菇，妻子也有此好，結果端上一盤香菇炒筍片，就算兩個人相讓，也難免清了香菇，剩了竹筍；遠不如先生嗜菇，而妻子嗜筍，各取所好、各得其樂來得妙。

譬如作父親的管教子女嚴厲，如果母親也凶，子女必定不好受，遠不如嚴父慈母，或慈父嚴母來得諧調。

譬如丈夫喜歡蒔草種花，妻子如果也好園藝，結果兩人大部分閒暇都耗在院子裏，遠不如一人在外面理庭院，一人在室內佈陳設來得相得益彰。

◉

夫妻之間相像，不如相配；若能彼此擷長補短，更能成「天作之合」。

沒有耕耘的辛勞，就沒有收穫的興奮；
但是收穫之後，還得耕耘。

憂喜之間

有個孩子，上學之前母親給了十塊零用錢，他非常快樂；但是出門之後，等了半天，車子都沒搭上，他唯恐遲到而變得十分焦急；所幸及時趕到學校，他覺得非常高興；但是突然想到第一節要考英文，又變得緊張；考完英文，他鬆了口氣覺得很愉快；但是又想到下午要發數學成績，於是憂心忡忡，唯恐不及格，等到考卷發下來成績居然不錯，就又十分欣喜；可是老師跟著規定了一大堆家庭作業，他又變得沈重，等到深夜把功課做完，才放鬆；但是突然想到第二天早上要發英文成績，又覺得十分緊張。

◉

由以上這個故事可以知道——

喜與憂常是交互產生的，因爲我們總有下一步面臨的困難，所以不會有永久的快樂；也正因爲那些問題的壓迫，才有許多克服之後的欣喜。

這就好比沒有黑夜的等待，就沒有黎明的欣喜，但是白日之後又有黑夜；沒有飢餓的煎熬，就沒有飽足的快感，但是飽足之後，又有飢餓；沒有耕耘的辛勞，就沒有收穫的興奮，但是收穫之後，還得耕耘。

學歷可能混到，地位可能攀營到，
為什麼我們不觀察他的言行和工作表現，
反集中注意力在文憑和授命狀呢？

評畫與評人

鑑評畫作，簽名非常重要。一幅極佳的作品，若沒有畫家的簽名，即使斷定爲名人手跡，價値還是會受影響。相反的，作品雖不甚佳，如果簽名蓋章不假，仍然極具收藏價値，甚至比前者還來得珍貴。

問題是，一張畫最能表現作者精神的是畫面，不是簽名；若是眞畫，即使沒簽字，從筆墨構圖，仍然能見出作者，何必非靠簽名呢？何況許多玩世不恭的畫家，常在學生的作品上題自己的名，圖章更可以流傳後代；只要拿到，人人可蓋。爲什麼大家不就畫論畫，無識其大體，反逐其末端呢？

◉

同樣的情況，我們看一個人，常只就學歷、地位來評斷，豈知學歷可能混到，地位可能攀營到，爲什麼我們不觀察他的言行和工作表現，反集中注意力在文憑和授命狀呢？

從大處著眼，根本處觀察，評畫與評人都是一樣的啊！

讚美熊掌的時候，別忘了煨出美味的高湯；
當我們自以為得的時候，別忘了圍在自己身邊的平凡人。

佳肴

魚翅、海參都是珍品，但是一定要用高湯煨，才能成爲佳肴。因爲前者有質無味，後者有味無質，有質無味的要吸收高湯的味，才能成其鮮美。有味乏質的要集中在恰當的質中，才能充分表現。可惜當我們吃這幾道菜時，多半只注意到魚翅和海參，卻忽略了供給滋味的高湯。

◉

在這世界上，有些人代表前者，有些人扮演後者；前者顯得尊貴，後者表現得平凡，但是只有在平凡人的擁護與襯托之下，才能顯出尊貴者的尊榮。所以當我們讚美魚翅的時候，別忘了煨出美味的高湯；當我們自以爲得的時候，別忘了圍在自己身邊的平凡人。

今天不論誰從這世界上消失，明天太陽還是會從東邊出來。
這個世界就是如此，多麼大的變化，人們都能適應。
自以為重要的人，必須知道這一點。

罷工

罷工是歐美社會常有的事，但是罷工的人多半知道，罷工絕不宜久，必須見好就收，否則自己倒楣。不了解的人或許會說：「既是罷工，當然愈久愈能造成影響力，為什麼不求堅持到底，反而要早早收場呢？」

◉

舉個眞實的例子，大家就明白了——

某年紐約地下鐵大罷工，頓時造成極大的混亂。因爲地下鐵不但四通八達，而且便宜、快捷，又不受路上交通擁擠的影響；所以紐約市民往往不自備汽車，出入全靠地下鐵。突然宣佈罷工，自然造成數十萬人交通的不便，上班、上課的遲到，公路由於汽車增多而擁擠，公共汽車不足應付增加的乘客，連過河的渡船也不勝負荷，一時怨聲四起。但是由於罷工人員的要求甚高，協議無法在短期內達成，使得罷工持續下來……

有趣的事情也就在這時發生了。漸漸地，人們開始適應這種沒有地鐵的生活，他們改爲走路、跑步、騎腳踏車，甚至穿著輪鞋和利用滑板來增加速度；過去向來獨自開車進城的人，則想辦法載滿朋友，以發揮經濟效益。

「沒有地鐵，減少了地鐵的犯罪率，使人們充分享受了陽光和跑步鍛鍊身體的快樂，大家似乎愈來愈喜歡這種生活了。」記者報導。

不久之後，地鐵的罷工草草結束，因爲工會知道：愈拖愈討不到好處。

◉

今天不論誰從這世界上消失，明天太陽還是會從東邊出來。這個世界就是如此，多麼大的變化，人們都能適應。自以爲重要的人，必須知道這一點。

似是而非的道理，比「無理」更害人。

似是而非

美國福特汽車的老闆亨利福特，爲了鼓勵人們盡量開車，少跑步，曾經說：

「運動是沒有用的。如果你身體健康，就不需要運動；如果你生病，更不能運動。」

◉

有一位名鑑評家，經常在僞作上蓋鑑定章（表示那是眞蹟），而且自有一番解說：

「如果行家看到，一定會諒解我，知道我是礙於人情，不得不蓋章；如果是外行人，反正分不出眞僞，所以蓋不蓋都無傷大雅。」

◉

似是而非的道理，比「無理」更害人。

少年只要不是壞得過分，長大之後，多半會變好；
但是如果成年之後再走上黑道，則必須極大的毅力，
才能脫身。

種樹之道

如果你把一棵小樹苗種斜了，只要歪得不太厲害，等它長大之後自然會直。但是如果你把一棵大樹種歪了，卻八成會永遠歪下去。

◉

人也一樣，少年只要不是壞得過分，長大之後，多半會變好；但是如果成年之後再走上黑道，則必須極大的毅力，才能脫身。

教育的工作做得好，能減少「懷才不育」的人。
用人和考察的制度完善，則能減少「懷才不遇」者。

育與遇

有的人「懷材不遇」，有些人「懷才不育」，後者要比前者可惜得多。

懷材不遇的人，畢竟「才」已成「材」，就算不能「出而仕」，也能「退而述」。或著書立言、或作育英才，就算生時不遇，死後也可能被發現。

至於懷才不育的人，是有才分，卻不能獲得教育，如同一塊蘊玉的石頭沒有被雕琢；含珠的蚌殼沒能被發現，只好永遠沈在沙石與海底。

◉

教育的工作做得好，能減少「懷才不育」的人。

用人和考察的制度完善，則能減少「懷材不遇」者。

如果每個有才的人都能既獲得「教育」，又得到「禮遇」，這世界必能變得更美好、更充實。

一次不成功，再試一次！
撥一次對方沒反應，再撥一次！

再試一次

我們經常在正忙的時候聽到電話鈴響，因爲沒能立即接，等到慌慌張張趕去，對方卻已掛斷了。這時我們多半會在電話旁稍候，盼望對方能再撥一次，假使就此沈寂，總會有幾分失落。

有些人打電話，如果對方沒反應，會再撥一次，因爲他會猜想是自己撥錯了號碼、電話機跳了號，或對方正忙；也就因爲他再撥，而能把電話打通。相反地，許多人打電話只撥一次，鈴響幾聲沒人接，就把電話掛上，因此錯失了機會。

◉

一次不成功，再試一次！撥一次對方沒反應，再撥一次！想想自己（難免會撥錯號碼），想想對方（可能剛才正忙），意外的成功，常就會出現。打電話如此，做任何事不都一樣嗎？

為什麼這些花能不畏料峭的春寒，最先來到人間呢？因為它們懂得儲蓄。

早春的花

「在北方早春最先綻放的是什麼花？」

「是小小的番紅花。」

「然後呢？」

「當然是風信子、鬱金香和洋水仙了！」

「爲什麼這些花能不畏料峭的春寒，最先來到人間呢？」

「因爲它們以經年的時間製造養分，儲藏在地下的鱗球，彷彿勤於儲蓄者；而那些玫瑰、木槿則是一邊吸收，一面生芽，如同賺幾文花幾文的人，兩相比較，當然前者容易領先。」

我們研究歷史的材料，首要的條件就是「真」。

敦煌真品

「中國歷代的名畫那麼多，而且那麼精美，我們何必去研究敦煌的東西呢？它們大多斑剝、殘破，而且出自畫工，根本無法跟歷代大師的作品相比。」在中國美術史的課上，有學生問。

「我們常見的歷代名家巨蹟，你能保證都是眞的嗎？因爲那些大師有名，歷代造假的人眞是太多了，以我們有限的知識，很難作百分之百的判斷。固然它們都是『珍』品，但並非都是『眞』品，而用僞作來從事歷史研究工作，常會造成偏差。」教授回答：「敦煌的東西不見得都好，但是沒有僞作，它們代表那個時代，反映當時的社會，不事雕琢、不見虛僞，對研究歷史的人當然有很大的參考價值。」他強調：「我們研究歷史的材料，首要的條件就是『眞』。」

肌肉的勞動可以放鬆頭腦的緊張。

頭腦的死角

我相信大腦裏一定有死角。

一個記憶力很強的學生，可能對某個程式或人名總是記不住；一個文才很高的作家，可能對某一個題目總是寫不好，而且這種情況沒有道理可講，恐怕就是碰到頭腦中的死角。

對於這個死角，各家的看法不同，有人認爲遇到死角要「衝」，記不住就死命去記，寫不好就塗塗改改地一直寫；也有人認爲應該迴避，另找一條路線；又有人認爲可以慢慢疏通，譬如將記不住的東西寫在屋子的每個角落，讓眼睛經常掠過，收潛移默化之功。至於俄國大文豪《戰爭與和平》的作者托爾斯泰，則是每當文思不暢時，便放下筆，走入田間，跟農夫們一起工作。因爲肌肉的勞動可以放鬆頭腦的緊張。當他再提筆時，靈感就泉湧而出了。

有的人善於守成，一天到晚抱著老東西翫賞讚歎；有的人敢於打破傳統，創造出新的作品。

打破葫蘆

甲乙二人同時在攤子上各買了一個雕花的葫蘆，甲回家之後，便把葫蘆掛在牆上，有朋友來，總要介紹他這可愛的收藏。但是乙回去不久，就把葫蘆打碎了，使甲聽了之後惋嘆不已。

兩年後，有一天甲到乙家作客，驚訝地發現滿牆掛的都是葫蘆，而且花紋各異、美不勝收，比當年買的葫蘆更精緻。

「我在研究它雕花的方法之後，打碎葫蘆取出種子，種了滿架的葫蘆，並以研究改良的心得，雕了這許多葫蘆。」乙說。

◉

有的人善於守成，一天到晚抱著老東西翫賞讚歎；有的人敢於打破傳統，創造出新的作品。

只有誠誠懇懇地做事，實實在在地研究，
不自欺、不欺人，才能成為偉大的科學家。

誠實

某日我訪問一位美國著名的教育家，請教培育文學人才的第一要務。

「教他誠實。」他回答：「因爲誠於中，形於外，心中沒有罣礙、沒有機巧，思路才能通暢，情感才能流露。」

「至於培養科學人才呢？」我又問。

「還是教他誠實。」他嚴肅地說：「因爲誠實的觀念和態度，是從事科學研究的首要條件。只有誠誠懇懇地做事，實實在在地研究，不自欺、不欺人，才能成爲偉大的科學家。」

「準」不見得好，分數高不見得實力強；
用成績評高下，不見得可靠。

準與好

在大一體育課的期終考時，我的棒球投球得到全班最高分，因爲考試是以學生在一分鐘之內，投入「好球帶」的數目來計分，而我居然沒有一個落空。

「你投得準，卻投不好。」教授事後講評。

「準當然就是好，否則你爲什麼給我最高分呢？」

「因爲這是計分的方法，你既然投進得多，當然最高分。」教授說：「可是你的球速慢，姿勢也不正確，所以很難投出快速的變化球，眞正參加比賽，一定容易被對方擊中。」

◉

「準」不見得好，分數高不見得實力強；用成績評高下，不見得可靠。

當我們給別人一個機會，常常也就給了自己一個機會。

雙重機會

學生時代，有一次我從研究所選完課出來，正遇到同系的學長，便向他談起我剛選的幾門課。

「天哪！你怎麼能選那教授的課呢？他實在是太差了！」學長似乎覺得此事很嚴重：「我看你趁早把它退了，否則一定後悔莫及。」

看他唯恐我一失足成千古恨的樣子，我趕緊跑回系辦公室，申請退課。

「你爲什麼要退這門課呢？」指導教授問。

「因爲聽說教授不怎麼樣。」

「請你給教授一個機會吧！讓他告訴你，他到底夠不夠水準。」

沒想到指導教授居然以這種請求的姿態對我說，使我一時不知怎麼作答，只好打消原意，匆匆退出來，很不情願地保留了那門課。

◉

兩個月後，在路上遇見指導教授。

「怎麼樣？你對那門課還滿意嗎？」他居然沒忘記我要求退課的事。

「太滿意了！他講的內容或許有些曲高和寡，但細細聽實在很有深度，我正想謝謝您呢！」我感激地說：「要不是您勸我給教授一個機會，我眞是錯過自己寶貴的機會了。」

◉

當我們給別人一個機會，常常也就給了自己一個機會。

體重的不變，不代表體型的不變；
工作時間的不變，不表示工作效率的不變。

表面的類似

如果你二十歲的時候，體重六十一公斤，現在五十歲，還維持不變，是否就表示你的體型還跟三十年前一樣呢？會不會只因爲你的腰粗了、肚子挺了、膀子鬆了、胸肌癟了，減了這兒、添了那兒，所以「總重量」能不改變？

如果你十年前每天早上六點起床，晚上十點睡覺，而今依然如此，是否就表示你如十年前一樣充滿活力，且能在一天當中做同樣多的事呢？會不會在這十六小時當中，你學會了自我妥協、敷衍塞責，速度比以前慢，創意也不如從前了。

◉

體重的不變，不代表體型的不變；工作時間的不變，不表示工作效率的不變。當我們在比較表面的數字時，也應作實質的反省。

人生就像原子筆。
有油的時候不順，順手的時候漏油。

原子筆與人生

原子筆常有個缺點，就是初用時雖然有滿管的油墨，但不夠滑；漸漸變得順手時，又有出油太多的毛病；不但容易弄髒筆畫，而且使原本已經不多的油墨，消耗得更快。

◉

人生就像原子筆。年輕有衝力的時候，因爲經驗不足，而且有稜有角，做事總不順；漸漸事業上了軌道，又不知保養身體而經常透支；等到悟出人生的眞諦，從心所欲不逾矩的時候，卻已經到了生命的盡頭，而不得不向人世告別了。

在這世界上，我們所需要的常不是錢，
而是那小小幾塊錢後面的
一點誠意、一些溫情和一片真心。

小錢

紐約的「國立自然歷史博物館」，是世界上同類博物館中的翹楚，但是收費奇低，觀眾可以任意捐獻，就算只給一毛錢，也不嫌少。

「這麼一點門票的收入，怎麼夠開銷呢？」有一天，我問其中一位主管。

「我們根本不靠門票的收入，這只是作個樣子。」

我有些詫異：「作個樣子？那又何必呢？」

「如果我們完全不收費，必然會造成許多閒雜分子的湧入，因而破壞了整個博物館的氣氛；所以我們要求象徵式的捐獻，錢雖然不多，卻表示了捐者對博物館的尊重和誠意。」

在這世界上，我們所需要的常不是錢，而是那小小幾塊錢後面的一點誠意、一些溫情和一片眞心。

有利于人，謂之巧；不利于人，謂之拙。

拙與巧

拙與巧，看來相反，其間卻有很大的關係。

一個人拙於言詞，卻可能巧於思考；拙於作學術研究，卻可能巧言令色；拙於表達，卻可能巧於觀察；拙於動作，卻可能巧於心機。拙人守拙，倒可能恰巧得宜；巧人討巧，卻可能弄巧成拙。

◉

同樣拙與巧，其間也大有分別。

講究的巧是精巧，聰慧的巧是靈巧，機變的巧是機巧；拙得純眞是稚拙，拙得實在是樸拙，拙得馬虎是粗拙。中國畫論更有「大巧便是拙處，大拙便是巧處」。拙與巧，眞是很難定義呀！

◉

《墨子》〈公輸子爲鵲〉中有這麼一個故事：

某日，魯班用竹木製成一隻喜鵲，飛上天空，三天都不下來，魯班自認爲很巧，但是墨子不以爲然地對他說：「你用竹木做喜鵲，雖巧，卻比不上製車軸插頭的工匠，三寸長的木料，他們一下子能削好，而且能載五十石的重量，豈不比你有用，也巧得多嗎！」

「有利于人，謂之巧；不利于人，謂之拙。」這是墨子對巧與拙的看法。

橡樹與小草

在一處人跡罕見、樹木不生的原野，有一條老鐵道；由於火車很少通過，所以不但鐵道兩旁，連鐵軌之間也長滿了小草。到蔥蘢的季節，小草們織成一大片綠色的地毯，把鐵道也給掩沒了，只有每個月唯一一班火車通過的時候，才讓人們想起：原來這兒還有一條鐵道。

◉

某日，當火車又疾駛而過，小草們莫不低頭行禮時，有一粒橡樹的種子，從車上滑落，正掉在兩軌之間。

「這是什麼啊？」最先抬起頭的小草驚訝地叫。

「好像是一顆種子。」所有的小草都伸長了脖子湊過來看：「但是爲什麼這麼大？好像有我們種子的幾百倍呢！」

「各位好！」橡樹子從昏迷中醒轉，環視四周攏來的小草，高興地打招呼，並自我介紹：「我是一顆橡樹子。」

「橡樹？」所有的小草都面面相覷：「我們從來沒聽說過啊！」

「我們這裏沒有樹，只有草，我們世世代代生長在這兒，從來沒見過一棵樹，因爲這裏冬天特別冷，風又大，不適合樹的生長。」一株比較年長的草，神情嚴肅地說：「我看，你還是快回到你來的地方去吧！」

「我已經來了，怎麼回得去呢？」橡樹子愁苦地說，但是跟著環顧四周，又轉憂爲喜了：「這裏多好啊！我喜歡這裏，我不怕狂風和霜雪，決定在這兒生根，長成一棵高大的橡樹……」

「好！」沒等他說完，四周成千上萬的小草，就發出一陣歡呼：「我們喜歡你，我們需要一棵樹，我們喜歡一棵高大的樹，我們要你來領導。」

◉

於是橡樹子在這兒生了根、發了芽。起初他長得很慢，小草們由春天萌發，不到仲夏就能長到一尺高，所以夾在草叢中，除了葉子比較大些，小橡樹並不怎麼突出；當每個月火車開來的時候，小橡樹也和小草們一樣，早早就彎下腰，讓那龐然大物從頭上飛駛而過。

但是到了暮秋，小草們都逐漸凋萎、枯黃的時候，橡樹雖然也落了葉子，卻仍然直直地站在那兒。當火車開來，由於沒有小草們的簇擁，橡樹反而站得更直了，所幸火車除了前面保險槓會把橡樹撞得一個踉蹌，車子的底盤倒不會再傷害他。所以當冬天過去，小草們又復甦的時候，都驚訝到小橡樹仍然站在那兒。

◉

「我的父親有四十尺高，他的頭經常遮在雲裏，他一伸手，就能摘下天上的星星。」小橡樹總是得意地對小草們說。每次講到這兒，小草們都會仰起頭，把嘴張得好大好大，羨慕極了：「我們多高興你能在這兒生根啊！」小草們說：「當你長到像你爸爸一樣高時，我們就可以聽你訴說天空的一切了！」

「我也會抓幾顆星星給你們。」小橡樹臉上泛著光彩。

◉

但是小橡樹也有他的煩惱，就是每個月火車通過時，小草們都一低頭就過了，他卻難免損傷幾片葉子，有時還會折到腰，而且這種情況愈來愈嚴重。

「你爲什麼不把腰彎低一點呢？再不然，乾脆躺在地上算了，等火車過了之後再站起來，何必跟火車去爭呢？」小草們都這樣勸他。

小橡樹何嘗不知道，可是他的身體硬，怎麼也不可能躺下來，眼看情況愈來愈糟，他眞希望自己不再長了，甚至縮小幾分，跟小草們一樣不是就夠了嗎？但在轉念之間，他又想：「爲什麼我不趕快長大、長高呢？如果我長成幾人合抱的大樹，火車也就算不得什麼了。」

◉

於是當小橡樹折損小枝子，就趕快伸出另一條新枝；當火車刮去了他的葉子，就趕快抽出新綠。但是每當火車呼嘯而去，小草們紛紛披倒，再站起的時候，小橡樹又是遍體鱗傷。

◉

當然把握沒有火車通過的一個月，小橡樹又恢復了光彩，只是他發現自己的腰愈來愈硬，連弓身都困難了。

終於有一天，當火車又轟隆轟隆地遠去之後，小草們發現小橡樹已經被折斷而死亡。

「你爲什麼不能跟我們一樣彎腰屈膝？」小草們傷心地哭著，看著小橡樹的屍體變爲枯枝，被風吹去。

◉

鐵軌間、鐵道邊、鐵道的四周，仍然是一片青青的草原，火車不通過的日子，這裏眞是無比寧靜祥和，只偶爾聽到小草們喁喁私語：

「作一株平凡的小草，是多麼快樂的事！」

**不但建築物有門窗的裝置，
我們的心靈也有著門與窗。**

心靈的門窗

如果有人問：「門和窗，你認爲哪個比較重要？」我一定答前者。但假使他問：「你喜歡門還是窗？」我則會選「窗」。

其實門和窗有什麼不同呢？門如果擋住下半截，不就是窗？窗如果直落地，不就等於門了嗎？

問題是窗畢竟是窗，門究竟是門。門常內外有鎖，窗卻只有裏面加栓；門多半無遮，窗卻常掛有帘；開門可以揖客，推窗卻只能相望；訪友叩門乃是當然，貿然敲窗則顯得失禮；兩相比較，門和窗的差異眞是太大了。

◉

上古人初構屋時，必然只知有門而不知設窗。當門尚無以遮蔽風雨時，誰會有心情裝窗呢？直到有一天，四壁不致搖撼、門戶不致透風，人們才想到在牆上再開個洞，使自己在不開門、不受人侵擾的情況下，仍然能夠享受風景、採納陽光、流通空氣。所以在當時，窗實在是一種奢侈品。

◉

雖然窗要比門發展得晚，也不及門來得重要，但是樣子卻多得多。門大不了有材料、雕花和色彩的不同，窗卻有各種變化：或支、或推、或上下拉動、或左右滑行，或貼窗紙、或加窗紗、或雕窗櫺、或設窗檻，或懸錦帷、或障絲帘、或掛百葉、或掩竹簾，加上窗台的擺飾、盆景，眞是各有風姿。

也因此，文學作品中描寫門的常比較豁朗簡明，描寫窗的則比較婉約變化，「大朱門」總不如「小軒窗」來得含蓄；「開門見山」總不如「推窗望月」來得優閒；「春到長門春草青」總不如「臥看殘月上窗紗」來得蘊藉；即使在現實生活中，如果「芳蘭當户」，往往不得不鋤，「藤蘿蔓窗」卻成了無比的幽雅。蓋房子如果門少窗多，必爲雅室；窗少門多，則成了弄堂。到頭來似乎「門」反不如「窗」來得重要了！

◉

不但建築物有門窗的裝置，我們的心靈也有著門與窗。

從出生的一刻，我們便開啓了心靈的門窗。幼年時代，我們只有一間弄堂式的房子，門多窗少，幾乎每當有人叩門，都敞開心扉，歡迎他們進來。

漸漸地，我們發現進來的人不盡然好，於是偷偷封閉了幾扇門，代之以一些窗。我們慢慢學會先由窗子看清楚來人，再決定是否開門；我們也學會在白天打開窗子，以迎接溫暖的陽光；在夜晚拉下窗帘，免得別人窺視；在夏日裝上紗窗以防蚊蠅，在歲暮拉起鐵柵以防盜賊。不自覺中，我們心靈的窗子愈來愈多，門卻只剩下一個，而且加上了雙重的鐵鎖、防盜的鍊條和窺視的貓眼，只怕有一天連那最後的一扇門，也要封閉了；不單把別人排斥在門外，也將自己鎖在了屋中。這心靈的門窗，不是與我們生活中的門窗同樣發展嗎？

◉

如果擁有一個小小的房子，我只要一個門、一扇窗，門對著城市、窗對著海洋。有人敲門，我必定開；是朋友，我便請他推窗看海，享受那滔滔的浪濤、清清的海風和無爭的鷗歌；如果是敵人，我便把屋子讓給他，請他自己去聽那大海的傾訴，滌淨他的心靈；又如果許久沒人來訪，我便把門和窗都打開，讓每個繁忙的路人，透過我的門，看見我的窗，而窗外是無際的碧海和開闊的胸懷。

【附錄】原版序

十年螢窗

從一九七二年我著手寫第一本《螢窗小語》，到現在已經整整十年了。十年不是短暫的歲月，周遭的變化也不少：十年前我們仍是開發中國家，而今已經躋身經濟強國；十年前讀第一本《螢窗小語》的國中學生，而今已經大學畢業；十年前我是一個剛入社會的初生之犢，而今已經遊蹤天涯。但是十年前的《螢窗小語》，而今寫到第七集，我仍然希望它只是微微的螢光，和小小的語句。

◉

寫《螢窗小語》之初，我曾經設想將這本書作成階梯叢書的樣子，以國中學生看第一集爲準，逐漸加深內容；但是後來發現，讀者的年齡層似乎很廣，所以還是決定深淺參雜著寫，而且即使較嚴肅的問題，也用淺白的文字表現，使人人都能讀，且各有體會；而就目前這七本書來看，大約前幾本以勵志的作品居多，愈靠後面愈增加論理和思考性的文章。爲了使讀者看來不枯燥，許多內容是以對話的方式表達，甚至加上童話詩和童話故事，所以《螢窗小語》是包含從餐桌邊小語，書桌邊小語，乃至枕邊故事的。

◉

在這一集《螢窗小語》中，我對許多傳統的看法提出了另一種見解，譬如我認爲面對這個是非難辨、邪說橫行的時代，應該以「雄辯是金，沈默是銀」的態度去駁斥；面對這個逆流洶湧的世局，應該以「進一步海闊天空」的態度去迎向風雨。此外我強調了「清苦」不是「辛苦」；「知命」不是「認命」；「漂亮」不等於「美」；「體貼」不等於「溫柔」；「低不就則高不成」；「要自思、自立、自司、自力」；也反對「在尾牙辭退工人」等看來似乎很含蓄卻極不盡人情的做法。同時在這一集當中有好幾篇談到愛情的文章，譬如心扉、拼圖、緣情義、婚姻的金屬等等，並有一篇〈橡樹與小草〉的寓言故事，希望大家能找出背面隱藏的意義。

◉

這本書的出版，我要感謝聖若望大學給我優裕的工作環境，使我有時間創作，並謝謝研究所學長吳雪雪女士，於一審校對時給我許多寶貴的建議，和吾妻畢薇薇的謄寫。

在「〈沙紙〉」一文中，我比喻土地是紙、人民是沙、愛國心是膠，三者合一則能成爲足以磨鐵銼鋼的沙紙。在這兒我要說，文壇是紙、作家是沙、執著的創作是膠，我只是千萬沙粒中的一顆，以這十年來的執著，牢牢地黏在文壇上；像是小小的螢火蟲，偶爾在黑暗的夜色中閃爍，且作出細細的蛩聲。雖不能帶給您燦爛的光芒，卻願奉上幾許優雅；雖不能作鴻鵠之鳴，卻願呈上一些閒靜。

劉墉青年期勵志精品

該你出頭了

這本以絕版十五年的劉墉代表作《螢窗小語》第五集，重新編校改寫，並加入新作品而成的勵志佳作，透過一百多篇精采的短文和小故事，談文學、藝術、自然與人生。是學生最佳的課外讀物。

◉二十五開，二二四頁穿線裝・定價二二〇元・為慶祝《螢窗小語》出版三十週年，首版特價一五〇元

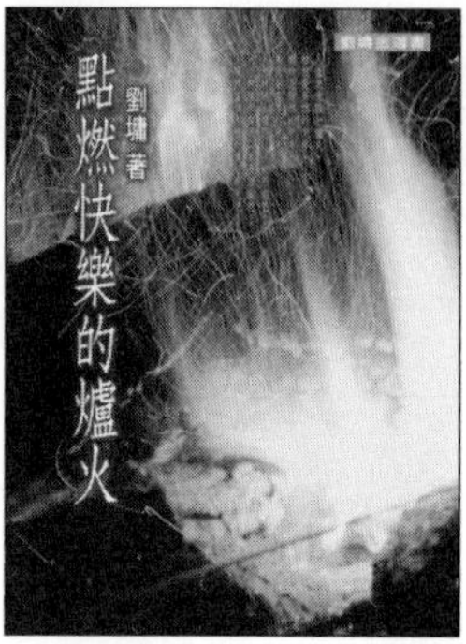

劉墉浪漫期精品

點燃快樂的爐火

這本以絕版十五年的劉墉代表作《螢窗小語》第六集，重新編校改寫而成的勵志精品，是學生最佳讀物。

◉二十五開，二〇八頁膠裝・定價二〇〇元・慶祝劉墉出版三十週年，首版特價一五〇元

◉以上四種書，郵撥（同類或不同類）四本以上八折優待掛號寄書，團體訂書另有優惠，請電（02）27717472詢問・郵撥19282289號超越出版社帳戶

請千萬別錯過二〇〇三年中國最具影響力的勵志書

靠自己去成功

在這本由台灣中華日報、北京青年報、馬來西亞星洲日報同步連載的勵志好書中，劉墉透過三十篇書信體的短文，跟年輕朋友談睡眠、談鎮定、談自衛、談應變、談獨立、談戒慎、談死亡、談失敗、談自由、談恐懼、談焦慮、談時間、談自尊、談公德、談自然、談責任、談偶像、談服裝。提前於中國大陸推出後，立即高踞全國排行榜前三名，銷售突破三十萬本，並引起各大媒體廣泛的討論，被選為二〇〇三年中國最具影響力的書。

◉三十二開，二五六頁，穿線裝，特價二〇〇元。十本以上七折優待，掛號寄書，請郵撥15013515號水雲齋文化事業有限公司帳戶

國家圖書館出版品預行編目資料

平凡一點多好／劉墉著 --臺北市：超越,
2004〔民93〕
面；　公分

ISBN 957-29477-1-0（平裝）

855　　93009129

平凡一點多好

作　者：劉　墉
發行人：劉　墉
出版者：超越出版社
地　址：臺北市忠孝東路四段三一一號八樓之六
郵政劃撥：一九二八二二八九號
電　話：(〇二)二七七一七四七二
傳　真：(〇二)二七四一五二六六
登記證：局版北市業字第壹陸壹零號
責任編輯：蔡慧慧
校　對：司馬特　畢薇薇　畢蘭馨
總經銷：大地出版社
地　址：臺北市內湖區內湖路二段一〇三巷一〇四號
電　話：(〇二)二六二七七七四九
印　刷：中原造像股份有限公司
地　址：臺北縣中和市建康路一三〇號七樓之十一
定　價：定價二二〇元・首版特價一五〇元
出　版：二〇〇四年十一月

ISBN:957-29477-1-0　Printed in Taiwan